나라 없는 사람

A MAN WITHOUT A COUNTRY
by Kurt Vonnegut

나라 없는 사람

A MAN WITHOUT A COUNTRY

커트 보니것 지음

김한영 옮김

문학동네

THERE IS NO REASON
GOOD
CAN'T TRIUMPH
OVER EVIL,
IF ONLY ANGELS
WILL
GET ORGANIZED
ALONG THE
LINES
OF THE MAFIA.

선이 악을 물리치고 승리하지 못할 이유가 무엇인가,
천사들이 마피아들처럼 조직화될 수 있다면야.

차례

일러두기

1. 본문의 주석은 모두 옮긴이주다.
2. 강조의 의미로 쓴 고딕체는 원서에서 이탤릭체로 표시된 부분이다.
3. 장편소설과 기타 단행본 제목은 『 』, 시와 희곡 등의 작품명은 「 」, 연속간행물명·방송 프로그램명·곡명 등은 〈 〉로 구분했다.

OH, A LION HUNTER
IN THE JUNGLE DARK,
AND A SLEEPING DRUNKARD
UP IN CENTRAL PARK,
AND A CHINESE DENTIST
AND A BRITISH QUEEN
ALL FIT TOGETHER
IN THE SAME MACHINE.
NICE, NICE,
SUCH VERY DIFFERENT
PEOPLE IN THE SAME
DEVICE!

— BOKONON

이것 좀 봐. 어두운 정글의 / 사냥꾼 사자와 / 센트럴 파크에서 / 코를 고는 주정뱅이와 / 중국인 치과의사와 / 영국 여왕이 / 모두 정확히 맞물려 / 하나의 기계가 되었잖아. / 정말로 멋진 일이야. / 이렇게 천차만별의 사람들이 / 하나의 장치를 이루다니!

—보코넌*

막내였던 어린 시절

나는 우리집에서 막내였다. 어느 집에서나 막내는 익살꾼인
데 그렇게라도 해야 어른들의 대화에 낄 수 있기 때문이다. 누
나는 나보다 다섯 살, 형은 아홉 살 많았고 부모님은 두 분 다 이
야기꾼이었다. 그래서 아주 어렸을 때 모두가 둘러앉아 저녁을
먹을 때마다 내 이야기는 다른 식구들을 몹시도 지루하게 만들
었다. 내가 떠벌이는 이야기는 너무 유치해서 어느 누구도 듣고
싶어하지 않았다. 다른 식구들은 고등학교나 대학교 또는 직장
에서 일어난 정말로 중요한 일에 관한 이야기를 나누었다. 내가
대화에 낄 딱 한 가지 방법은 웃기는 이야기를 하는 것이었다.

---

* 보니것의 『고양이 요람』에서 가상의 종교인 보코노니즘(Bokononism)의 창
시자로 등장하는 인물.

처음에는 우연이었다. 정말로 우연히 말장난 같은 것을 내뱉었는데 그 때문에 대화가 중단됐다. 그때 나는 농담을 하면 어른들의 대화에 낄 수 있다는 걸 알게 되었다.

나는 미국에서 코미디가 최고 인기를 누리던 시대에 자랐다. 대공황이 휩쓸던 시절이었다. 라디오를 틀면 언제나 최고의 코미디언들이 등장했다. 그 덕에 나는 뜻하지 않게 코미디를 배울 수 있었다. 어린 시절 내내 적어도 밤마다 한 시간 동안은 코미디에 귀를 기울이면서 출연자들이 어떤 농담을 하고 그것이 어떤 효과를 내는지에 관심을 기울였다.

나는 사람들을 웃기면서도 기분을 상하지 않게 하려고 노력해왔다. 내가 했던 대부분의 농담들이 정말로 소름끼치는 것이었다고는 생각하지 않는다. 또한 사람들을 난처하거나 비참하게 만들었다고도 생각하지 않는다. 내가 사용하는 유일한 충격요법은 가끔씩 외설적인 단어를 집어넣는 것이다. 세상에는 웃길 수 없는 것들도 있게 마련이다. 가령 아우슈비츠를 주제로 삼은 유머집이나 희극은 상상하기 어렵다. 또한 존 F. 케네디나 마틴 루터 킹의 죽음을 가지고 농담을 하는 것도 불가능하리라. 그런 것들만 아니면 내가 일부러 피하거나 농담으로 삼지 못한 주제는 없던 것 같다. 볼테르도 증명했지만 대규모 재난은 정말로 유쾌하다. 리스본 지진은 얼마나 재미있는가.*

나는 드레스덴이 파괴되는 것을 보았다. 폭격 이전에 멀쩡했던 드레스덴을 보았고 폭격이 멈췄을 땐 방공호에서 빠져나와 폐허가 된 드레스덴을 보았다. 그로부터 생겨난 반응 중에는 분명 웃음이 있었다. 맹세컨대 웃음은 안도를 갈구하는 영혼의 산물이다.

어떤 주제라도 웃음의 재료가 될 수 있다. 심지어 아우슈비츠의 희생자들 사이에도 아주 소름끼치는 웃음이 있었으리라.

유머는 두려움에 대한 생리적 반응이다. 프로이트는 유머가 사람이 좌절했을 때 생겨나는 몇 가지 반응 중 하나라고 말한 바 있다. 개는 문이 열리지 않으면 문을 긁거나 땅을 파거나 으르렁거리는 따위의 의미 없는 행동을 하는데, 이는 좌절이나 놀라움 또는 두려움에 대처하기 위해서라고 했다.

어떤 웃음은 두려움에서 나온다. 몇 년 전 재미난 TV 시리즈를 집필할 때였다. 우리는 매회 방영분에 기본적으로 죽음이 등장하는 프로그램을 만들었는데, 죽음이라는 요소가 웃음의 불씨를 키운 덕분에 시청자들은 이유도 모른 채 박장대소했다.

얄팍한 웃음도 있다. 예를 들어 보브 호프는 진정한 유머리스트라고 할 수 없다. 그는 곤란한 주제를 전혀 건드리지 않는 얄팍한 코미디언이다. 그에 비해 로렐과 하디는 눈물이 날 정도로 웃게 만든다. 그들의 농담에는 뭔가 뼈아픈 비극이 배어 있

---

* 볼테르는 리스본 대지진과 파리의 춤판을 비교하면서 범세계적 차원의 도덕적 문제를 제기한 바 있다.

다. 그들은 이 세상에서 살아남기엔 너무나 착하고 그래서 항상 지독한 위험에 빠진다. 그들은 언제라도 쉽사리 죽임을 당할 수 있는 사람들이다.

아주 간단한 농담이라도 그 근원에는 두려움의 가시가 감춰져 있다. 예를 들어 "새똥 속에 든 흰 것이 무엇일까요?"라고 질문을 던지면 방청객들은 그 순간 학교에서 시험이라도 보는 양 바보 같은 대답을 해선 안 된다는 두려움에 빠진다. "그것도 새똥이죠"라는 답을 들으면 반사적인 두려움은 웃음으로 바뀐다. 그건 결국 시험이 아니었던 게다.

이런 질문도 마찬가지다. "소방관들은 왜 빨간 멜빵을 멜까요?" "조지 워싱턴은 왜 산비탈에 묻혔을까요?"

실제로 웃음이 나오지 않는 농담도 있는데 프로이트는 그것을 블랙유머라 불렀다. 살다보면 삶은 때때로 너무나 절망적이어서 위안을 생각할 수 없는 막막한 상황에 부딪치기도 한다.

드레스덴 위로 폭탄이 쏟아질 때 우리는 지하실 천장이 무너질 것에 대비해 두 팔로 머리를 감싸고 있었다. 그때 한 병사가 마치 대저택에 앉아 비 내리는 겨울 하늘을 바라보는 공작부인처럼 "이런 날 가난한 사람들은 어떻게 지내고 있을까요?"라고 말했다. 아무도 웃음을 터뜨리진 않았지만 그의 말은 모두에게 즐거움을 주었다. 적어도 아직까지 우리는 살아 있지 않은가! 그의 말 덕분에 깨달은 사실이었다.

I WANTED ALL
THINGS TO SEEM TO
MAKE SOME SENSE,
SO WE COULD ALL BE
HAPPY, YES, INSTEAD
OF TENSE. AND I
MADE UP LIES, SO
THEY ALL FIT NICE,
AND I MADE THIS
SAD WORLD A
PARADISE.

나는 세상의 모든 것들이 아주 합리적으로 보여서 우리 모두가 긴장 속에 사는 대신, 그렇다, 매일매일 행복하게 살 수 있기를 바랐다. 그래서 나는 거짓말을 지어냈다. 덕분에 사람들은 모두 잘 지냈고 비참한 세상은 낙원이 되었다.

어떤 사람이 얼간이인가?

누구를 두고 얼간이라고 하는 것일까? 육십오 년 전 내가 인디애나폴리스의 쇼트리지 고등학교에 다닐 적엔 의치를 빼내 자기 엉덩이에 끼우거나 그걸로 택시 뒷좌석의 단추를 물어뜯는 인물을 얼간이라고 불렀다(그리고 여학생들이 타고 다니는 자전거 안장에 코를 들이대고 킁킁거리는 녀석은 게걸이라고 불렀다).

나는 미국의 가장 위대한 단편소설인 앰브로즈 비어스의 「아울 크릭 다리에서 생긴 일*Occurrence at Owl Creek Bridge*」을 읽지 않은 사람을 얼간이라고 생각한다. 그 소설은 정치색이 전혀 없고, 듀크 엘링턴의 재즈곡 〈소피스티케이티드 레이디〉나 프랭클린 난로처럼 미국인의 천재성을 유감없이 보여주는 작품이다.

나는 또한 프랑스 철학자 알렉시스 드 토크빌의 『미국의 민주주의Democracy in America』를 읽지 않은 이를 얼간이라고 생각한다. 미국의 정치체제에만 존재하는 장점과 단점을 다룬 책으로 이보다 훌륭한 작품이 또 있을까?

그 위대한 책을 한 구절만 음미해보자. 토크빌은 지금으로부터 백육십구 년 전에 다음과 같이 말했다. 지구상의 모든 나라중 우리 미국에서만 돈에 대한 애착이 인간에 대한 애정을 압도한다고. 지금이라고 달라진 게 있을까?

1957년에 노벨문학상을 받은, 알제리에서 태어난 프랑스 작가 알베르 카뮈는 이렇게 썼다. "정말로 진지하게 사색할 철학적 문제는 단 하나, 바로 자살이다."

그리하여 문학도 우리에게 또다른 웃음거리를 던져준다. 카뮈는 자동차 사고로 죽었다. 그의 생몰연도는? AD 1913~1960이다.

『백경』『허클베리 핀』『무기여 잘 있거라』『주홍 글씨』『붉은 무공 훈장』『일리아드』와 『오디세이』『죄와 벌』『성서』 그리고 「라이트 연대의 공격」*을 비롯한 인류의 위대한 문학은 모두 인간이란 얼마나 허접한 존재인가를 다룬다(이런 얘기를 남의 입

---

* 크리미아 전쟁 때, 적군에게 무모하게 돌진하여 최후를 맞은 라이트 연대에 바친 알프레드 테니슨의 시.

으로 듣다니 퍽 다행스럽지 않은가?).

내가 보기에 진화는 엉터리다. 인간은 정말로 한심한 실패작
이다. 우리는 은하계 전체에서 유일하게 생명이 살 수 있는 이
친절한 행성을 교통수단이라는 야단법석으로 한 세기 만에 완
전히 망가뜨렸다. 정부는 마약과의 전쟁을 선포했지만 마약은
석유 다음이다. 석유란 얼마나 파괴적인가! 당신의 차에 기름을
조금만 넣으면 시속 백 마일로 달리면서 이웃집 개를 깔아뭉갠
다음, 대기권을 찢어발길 수 있다. 호모사피엔스라는 영특한 이
름을 달고서 뭘 망설이는가? 아예 박살을 내버리면 어떨까? 누
구 원자폭탄 가진 사람? 과거엔 귀했지만 지금은 널린 게 원자
폭탄 아닌가?

하지만 나는 역시 인류를 두둔하지 않을 수 없다. 에덴동산
을 포함해 역사상 어느 시대든 간에 인간은 항상 이렇게 살았
다. 그리고 에덴동산만 빼고 우리가 사는 이곳에선 벌써부터 사
람 미치게 만드는 온갖 게임들이 벌어지고 있었다. 아무리 멀쩡
한 사람도 마찬가지다. 오늘날 벌어지는 이런 광란의 게임으로
는 사랑과 미움, 자유주의와 보수주의, 자동차와 신용카드, 골
프, 그리고 여자 농구 등이 있다.

나는 미국 오대호 주변에서 담수를 바라보고 사는, 다시 말해
대양이 아니라 대륙에 속한 사람이다. 그래서 그런지 바다에서
헤엄을 칠 때면 왠지 항상 치킨 수프에 빠져 허우적대는 느낌이
든다.

　미국의 많은 사회주의자들이 나처럼 담수인으로 분류된다.
대부분의 미국인들은 20세기 전반기에 사회주의자들이 예술,
웅변, 조직 분야에서 어떤 일을 했으며, 우리의 노동 계급, 즉 임
금 노동자들의 자존심과 존엄, 정치적 통찰력을 어떻게 향상시
켰는지에 대해 아는 바가 거의 없다.

　임금 노동자들의 지식이 사회적 지위, 고등교육, 부富 등에서
소외된 탓에 일천하다는 말은, 미국 역사상 가장 심오한 주제들
을 다룬 작가와 연설가 중 가장 뛰어난 두 사람이 독학으로 공
부한 노동자였다는 사실로 보아 거짓임이 분명하다. 그들은 일
리노이 출신의 시인 칼 샌드버그와, 한때 인디애나 주였던 일리
노이 켄터키의 에이브러햄 링컨이다. 덧붙이자면 두 사람 모두
나처럼 담수인인 동시에 대륙인이었다. 또 한 사람의 담수인이
자 뛰어난 연설가로 인디애나 테러호트의 중산층 가정에서 태
어나 사회당 후보로 대통령 선거에 출마한 유진 빅터 데브스가
있다.

우리 팀, 파이팅!

'기독교'라는 말이 사악하지 않다면 '사회주의'도 마찬가지다. 기독교가 스페인 종교재판을 지시하지 않았던 것과 마찬가지로 사회주의도 요제프 스탈린과 그의 비밀경찰을 찬양하고 교회를 박살내라고 가르치지 않았다. 사실 기독교와 사회주의는 똑같이, 인간은 누구나 평등하게 창조되었고 어느 누구도 굶주리려서는 안 된다는 명제를 실현하고자 한다.

어쩌다보니, 아돌프 히틀러는 2개들이 세트상품이 되었다. 그는 자기 당에 '국가' '사회'당, 즉 나치스라는 이름을 붙였다. 그런데 히틀러의 스바스티카卐는 널리 알려진 대로 이교도의 상징이 아니라 노동자의 도구인 도끼로 만든 기독교 십자가였다.

스탈린 치하에서 자행되었고 지금도 중국에서 계속되고 있는 종교 탄압에 대해 이야기해보자. 이런 탄압을 정당화하기 위해 독재자들은 '종교는 인민의 아편'이라는 카를 마르크스의 말을 들이댄다. 그러나 마르크스가 그 말을 했던 1844년 당시, 아편과 아편 추출물은 누구나 복용할 수 있는 유일한 진통제였다. 마르크스 자신도 아편을 복용한 적이 있다. 그는 아편을 먹고 통증이 일시적으로 가라앉자 대단히 고마워했다. 마르크스는 그저 종교가 경제적으로나 사회적으로 비탄에 빠진 사람들에게 위로를 줄 수 있다는 사실을 지적한 것이지 그걸 비난하려던 게 아니었다. 그의 말은 금언이 아니라 일반적인 설명이었던 것이다.

그런데 마르크스가 그런 얘길 썼던 당시 우리 쪽에서는 아직 노예들이 신음하고 있었다. 자비로운 신의 눈으로 과거를 되돌아볼 때, 카를 마르크스와 미합중국 중 어느 쪽이 더 인간적인가?

스탈린은 마르크스의 언급을 법령으로 바꿔치면서 좋아라 했고 중국 독재자들도 마찬가지였다. 그렇게 하면 그들이나 그들의 목표에 반대하는 성직자들을 몰아낼 수 있을 것이라 생각했기 때문이다.

이 나라의 많은 사람들도 마르크스의 말을 인용해, 사회주의자들은 종교와 신을 부정하며, 그러기에 지독하게 불쾌한 종자들이라고 주장해왔다. 나는 칼 샌드버그나 유진 빅터 데브스를 만난 적은 없지만 실제로 그들을 만난다면 얼마나 행복할지 모르겠다. 그런 국가적 인재와 악수라도 한다면 입이 얼어붙을 것만 같다.

나는 그들과 동세대인 사회주의자 한 사람을 만난 적이 있다. 그는 인디애나폴리스의 파워스 햅굿이었다. 햅굿은 전형적인 촌뜨기 이상주의자였다. 사회주의는 이상주의다. 데브스처럼 햅굿도 중산층 출신이었고, 이 나라에 경제적 정의가 더 광범위하게 실현될 수 있다고 생각했다. 그는 더 좋은 나라를 원했다. 그뿐이었다.

하버드를 졸업한 후 햅굿은 탄광 노동자로 일하면서 노동자 형제들에게 임금 인상과 근로조건 개선을 위해 노조를 결성하자고 주장했다. 또한 1927년에는 매사추세츠 주에서 무정부주의자 니콜라 새코와 바살러미오 반체티의 처형에 항의하는 집회를 열었다.

햅굿의 부모는 인디애나폴리스에서 통조림 공장을 운영해 많은 돈을 벌었다. 파워스 햅굿은 공장을 물려받자마자 그것을 종업원들에게 넘겨주었고, 얼마 후 공장은 파산하고 말았다.

우리는 2차대전이 끝난 후 인디애나폴리스에서 만났다. 당시 그는 CIO*의 간부였다. 노동쟁의가 가벼운 싸움으로 번졌을 때 햅굿은 증언을 하기 위해 법정에 출두했다. 판사는 그를 보자 이렇게 물었다. "햅굿 씨, 나와주셨군요. 당신은 하버드 대학을 나왔습니다. 그런데 당신처럼 버젓한 사람이 왜 그런 삶을 택하셨소?" 햅굿은 다음과 같이 대답했다. "존경하는 판사님, 그건 예수의 산상수훈 때문입니다."

다시 한번, 우리 팀 파이팅!

---

* '산업별노동조합(Congress of Industrial Organization)'의 약자.

우리는 대대로 예술가 집안이었다. 나 역시 예술로 먹고살고 있다. 이는 가업으로 에소 주유소를 운영하는 것과 다를 바 없다. 내 조상들은 모두 예술가였고 나도 가족의 전통에 따라 예술가로 살고 있다.

　하지만 화가이자 건축가인 아버지는 대공황 때문에 생계를 꾸리지 못해 큰 고통을 겪고 난 뒤, 나에게 예술과 무관한 일을 하라고 귀에 못이 박히도록 강조했다. 예술은 생계수단으로는 아무 짝에 쓸모가 없으니 가급적 멀리하라고 아버지는 경고하셨다. 그리고 내가 진지하고 실용적인 학문을 선택해야 대학에 보내주겠다고 선언했다.

　내가 코넬 대학 화학과를 선택한 것은 형이 이미 알아주는 화학자였기 때문이다. 비평가들은 누군가가 나처럼 진지하게 예술을 하는 동시에 이공계 교육을 받을 수는 없다고 생각한다. 내가 알기로 오랜 전통을 지니고 있는 영문과들에서는 알게 모르게 공학, 물리학, 화학 등에 대한 두려움을 가르친다. 비평가들의 생각에는 이런 두려움이 깔려 있다. 그들 대부분은 영문과 출신으로, 과학기술에 관심이 있는 모든 사람을 아주 미심쩍게 여긴다. 어쨌거나 나는 화학을 전공했지만 항상 영어 교사를 꿈꾸었고, 그래서 과학적 사고를 기꺼이 문학으로 전환했다. 그

과정에서 감지덕지해야 할 것은 거의 없었다.

누군가가 나에게 소위 SF 소설가라는 이름을 붙여준 순간 나는 SF *소설가가 되었다. 나로서는 그렇게 분류되는 게 마땅치 않았다. 나는 낙심천만하면서 내가 과연 진지한 작가로서 명성을 쌓을 수 있을까 하는 의구심에 빠졌다. 나는 그런 이름을 얻게 된 이유가, 내가 과학기술에 대한 글을 썼기 때문이며, 최고의 미국 작가들이 과학기술에 대해 아는 것이 거의 없기 때문이라는 결론에 도달했다. 내가 SF 소설가로 분류된 것은 순전히 내가 뉴욕 주 스커넥터디에서 일어난 일을 썼기 때문이었다. 내 첫 소설인 『자동 피아노』는 스커넥터디에 관한 것이었다. 그 도시에는 거대한 공장들뿐이었고, 나와 내 친구들은 모두 공학자, 물리학자, 화학자, 수학자들이었다. 제너럴 일렉트릭 사와 스커넥터디에 대한 소설은 그 도시를 본 적이 없는 비평가들에겐 미래에 관한 공상으로 보였다.

나는 과학기술을 생략함으로써 인간의 삶을 왜곡하는 소설은 섹스를 생략함으로써 빅토리아 시대의 삶을 왜곡하는 소설만큼이나 좋지 않다고 생각한다.

『제5도살장』을 쓴 1968년이 되어서야 나는 드레스덴 폭격을 묘사할 정도로 성장할 수 있었다. 드레스덴 폭격은 유럽 역사상 최대 규모의 학살이었다. 물론 아우슈비츠의 참상도 알지만, 대학살이란 아주 짧은 시간에 수많은 사람이 죽어나가는 갑작스러운 사건이다. 1945년 2월 13일 드레스덴에서는 약 십삼만오천 명의 사람이 영국군의 폭격으로 단 하룻밤 사이에 사라졌다.

그것은 정말로 터무니없고 무의미한 파괴였다. 도시 전체가 잿더미로 변했다. 물론 우리가 아닌 영국인의 잔학 행위였다. 영국은 야간에 폭격기를 동원해 신종 소이탄으로 도시 전체를 불바다로 만들었다. 그 결과 나를 포함한 몇 명의 전쟁포로를 제외하곤 살아 있는 모든 것이 검고 딱딱한 재로 변했다. 그것은 소이탄을 퍼부어 도시 하나를 잿더미로 만들 수 있는지 없는지를 확인하려는 군사적 실험이었다.

물론 우리는 전쟁포로였기 때문에 지하실에서 질식해 죽은 독일인들을 파낸 후, 시체를 직접 들고 거대한 화장터 장작더미로 운반해야 했다. 그런데—직접 보지는 못했지만—독일인들이 이 과정을 아예 포기했다는 말이 들려왔다. 화장은 너무 시간이 많이 걸렸고 도시 곳곳에서는 벌써 악취가 진동했다. 독일인들은 결국 화염방사기를 사용했다.

나는 지금도 전쟁포로인 우리가 어떻게 죽지 않고 살아남았는지 알지 못한다.

1968년에 나는 작가였다. 이른바 논픽션 작가였고 돈이 되면 어떤 글이든 썼다. 그리고 끔찍한 일이었지만 그 일을 눈으로 보고 직접 경험했으므로 드레스덴에 관한 논픽션을 쓰기로 계약했다. 영화로 각색하여 딘 마틴이나 프랭크 시나트라 같은 배우들이 우리 역할을 맡을 수도 있는 그런 종류의 책이었다. 책상 앞에 앉아 노력했지만 글은 제대로 써지지 않았다. 계속 한심한 이야기들만 나왔다.

결국 나는 친구이자 드레스덴의 동료인 버니 오헤어를 찾아갔다. 우리는 전쟁포로로 갇혀 있던 시절에 일어난 재미있는 일들을 떠올리면서 코믹한 전쟁 영화에 쓰일 만한 소재들을 남김없이 건져올렸다. 그러자 그의 아내인 메리 오헤어가 쏘아붙였다. "그땐 당신들 둘 다 어린애였군요."

그건 사실이다. 군인은 정말로 어린애다. 군인은 영화배우가 아니다. 군인은 존 웨인이 아니다. 핵심을 깨달은 나는 그제야 자유롭게 진실을 말할 수 있었다. 우리는 어린애였다. 나는 『제5도살장』에 '어린이 십자군'이라는 부제를 붙였다.

드레스덴의 경험을 글로 쓰기까지 어쩌다 이십삼 년이라는 세월이 걸렸을까? 우리는 모두 이런저런 이야기를 품고 귀향했고, 이런저런 일을 하면서 생계를 꾸렸다. 메리 오헤어가 한 말은 사실상 "이쯤에서 진실을 말해보는 게 어때요?"라는 뜻이었다.

어니스트 헤밍웨이는 1차대전이 끝난 후 「병사의 고향」이라는 소설을 썼다. 병사에게 고향에 돌아와 무엇을 보았느냐고 묻는 것이 어째서 무례한 일인가를 그린 이야기였다. 민간인이 전투나 전쟁에 대해 물으면 나를 포함한 많은 사람들이 입을 다물 것이다. 과거엔 그것이 유행이었다. 여러분도 알겠지만 전쟁 이야기를 가장 인상적으로 말하는 방법은 입을 다무는 것이다. 그러면 민간인들은 온갖 종류의 용감한 행위들을 상상하게 된다.

하지만 나는 베트남 전쟁이 나를 비롯한 많은 작가들에게 자유를 주었다고 생각한다. 베트남 전쟁을 통해 우리의 지도력과 동기가 아주 추잡하고 본질적으로 멍청하다는 사실을 알게 되었기 때문이다. 이제야 우리는 역사상 최악의 인종인 나치에게 저질렀던 우리 자신의 추악한 행동을 이야기할 수 있게 되었다. 그리고 내가 눈으로 보고 기록했던 이야기에서 전쟁은 아주 추하게 묘사되었다. 진실은 강력하다. 그 힘은 사람들의 예상을 뛰어넘는다.

물론 전쟁에 대해 입을 다무는 또다른 이유가 있다. 차마 그것을 입에 담을 수 없기 때문이다.

FUNNIEST JOKE
IN THE WORLD:
"LAST NIGHT I
DREAMED
I WAS EATING
FLANNEL CAKES.
WHEN I WOKE UP
THE BLANKET WAS
GONE!"

세상에서 가장 웃기는 농담: "어젯밤 꿈에서 플란넬 천으로 만든 케이크를 먹었는데 아침에 일어나보니 담요가 없더라!"

문예창작을 위한 충고

문예창작을 위한 충고.

규칙 1: 세미콜론을 사용하지 마라. 세미콜론은 완전히 무의미하고 변덕스러운 자웅동체 같은 부호다. 그것은 단지 글쓴이가 대학물을 먹었다는 사실을 보여줄 뿐이다.

여러분 중 누군가는 내 말이 농담인지 아닌지 분간하지 못할 수도 있으니 지금부터는 농담이면 농담이라고 말하겠다.

예를 들어, 주 방위군이나 해병대에 가서 민주주의를 가르쳐보라. 이건 농담이다.

우리는 알카에다의 공격에 직면해 있다. 그들을 보면 깃발을 흔들어라. 그러면 겁을 먹고 달아날 것이다. 이것도 농담이다.

만일 부모에게 치명적인 상처를 주고 싶은데 게이가 될 배짱

이 없다면 예술을 하는 게 좋다. 이건 농담이 아니다. 예술은 생계수단이 아니다. 예술은 삶을 보다 견딜 만하게 만드는 아주 인간적인 방법이다. 잘하건 못하건 예술을 한다는 것은 진짜로 영혼을 성장하게 만드는 길이다. 샤워하면서 노래를 하라. 라디오에 맞춰 춤을 추라. 이야기를 들려주라. 친구에게 시를 써보내라. 아주 한심한 시라도 괜찮다. 예술을 할 땐 최선을 다하라. 엄청난 보상이 돌아올 것이다. 존재하지 않았던 새로운 것을 창조하지 않았는가!

이제 내가 알게 된 사실 하나를 여러분과 공유하려 한다. 이해를 돕기 위해 내 뒤편의 칠판에 그림을 그리겠다(칠판에 수직으로 선을 하나 그린다). 그 선을 G-I 축이라고 하자: 이는 행운good fortune과 불운ill fortune의 약자다. 죽음, 지독한 가난, 질병은 아래쪽에 있고 부유함, 건강은 위쪽에 있다. 평균적인 상태들은 중간에 놓인다(각각 수직선의 맨 위, 맨 아래, 중간을 가리킨다).

다음은 B-E 축이다. B는 시작beginning을, E는 엔트로피entropy를 가리킨다. 됐다. 모든 이야기가 컴퓨터조차 이해할 수

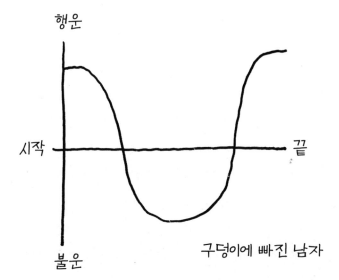

구덩이에 빠진 남자

있을 만큼 단순하게, 일직선으로 전개되지는 않는다〔G-I 축의 중간에서 시작하는 수평선을 그린다〕.

여기서 잠깐 마케팅의 원칙 하나를 소개하겠다. 책과 잡지를 사거나 영화를 보러 갈 정도로 여유가 있는 사람들은 가난하고 병든 사람들의 이야기를 듣고 싶어하지 않는다. 그러니 이야기를 위쪽에서 시작해보자〔G-I 축의 꼭대기를 가리킨다〕. 우리는 그런 이야기를 끝없이 접한다. 그리고 그런 이야기를 사랑한다. 그런 이야기에는 저작권이 없다. '구덩이에 빠진 남자' 이야기지만 반드시 남자나 구덩이가 등장할 필요는 없다. 그냥 어떤 사람이 곤경에 빠졌다가 다시 일어선다는 내용이면 된다〔선 A를 그린다〕. 이 선이 대개 처음 시작했던 곳보다 더 높은 데서 끝나는 건 우연이 아니다. 이렇게 하여 독자에게 용기를 주는 것이다.

두번째 이야기는 '소년, 소녀를 만나다'지만 여기에도 굳이 소년과 소녀가 등장할 필요는 없다〔선 B를 그린다〕. 평범한 누군가가 다른 날들과 똑같은 아주 평범한 날에 우연히 기가 막힐 정도로 아름다운 무언가와 마주친다. "이런 세상에, 억세게 운이 좋은 날이군!"……〔선이 아래쪽으로 향한다.〕"염병할!"……〔선이 위쪽으로 향한다.〕 다시 일상으로 돌아온다.

여러분 앞에서 폼 잡을 생각은 추호도 없지만, 코넬 대학에서 화학을 공부한 나는 전쟁이 끝난 후 시카고 대학에서 인류학을

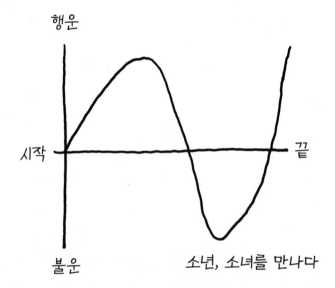

행운

시작

불운

끝

소년, 소녀를 만나다

공부했고 그 분야에서 석사 학위를 받았다. 솔 벨로*도 같은 과에서 공부했는데, 그나 나나 현지 연구는 해보지 못했다. 물론 상상으로는 한번쯤 해봤을 것이다. 나는 도서관을 드나들면서 민족지학자, 선교사, 탐험가―제국주의자―들이 원시인들로부터 수집한 이야기들을 뒤지기 시작했다. 내가 인류학 학위를 딴 것은 큰 실수였다. 내가 보기에 원시인들은 너무나 불쌍하고 멍청했다. 그래도 나는 원시사회에서 수집한 이야기들을 하나하나 읽어나갔다. 그것들은 B-E 축처럼 높낮이 변화가 없었다. 그러면 정말 재미가 없다. 원시인들은 그 지루한 이야기들과 함께 지상에서 사라져야 마땅하다. 그들의 이야기는 너무나 퇴행적이다. 그에 비해 우리 이야기들의 상승과 하강은 얼마나 절묘한가.

세상에서 가장 인기 있는 이야기는 밑바닥에서 시작한다(B-E 축 하단에서부터 선 C를 그린다). 슬픔에 빠진 주인공은 누구인가? 열다섯 혹은 열여섯 살쯤에 어머니를 여읜 소녀라면 밑바닥으로 추락한 게 분명하다. 그녀의 아버지는 애도의 눈물이 마르기도 전에 야비한 두 딸을 둔 사악한 여자와 결혼했다. 이 이야기를 모르는 사람도 있을까?

궁전에서 파티가 열린다. 우리의 주인공은 파티에 참석하려

* 보니것과 동시대의 미국 소설가.

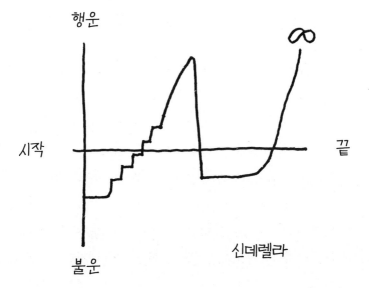

행운

시작   끝

불운   신데렐라

는 두 언니와 계모를 돕는데 정작 그녀 자신은 집을 지켜야 한다. 그녀는 더 슬퍼졌을까? 그렇지 않다. 그녀는 이미 상심할 대로 상심한 가엾은 소녀다. 어머니의 죽음이면 충분하다. 더 나빠질 게 없다. 계모와 언니들은 파티가 열리는 궁전으로 떠난다. 그때 선녀가 나타나[곡선이 점차 올라간다] 그녀에게 스타킹과 마스카라 그리고 파티에 타고 갈 교통수단을 선사한다.

파티에 등장한 주인공은 무도회의 여왕이 된다[곡선이 가파르게 상승한다]. 놀랍게 변신한 그녀를 가족들은 전혀 알아보지 못한다. 시계가 열두시를 치자 선녀와의 약속대로 모든 것이 사라진다[곡선이 떨어진다]. 시계가 열두 번 울리는 데는 오랜 시간이 걸리지 않는다. 우리의 주인공은 날개 없이 곧바로 추락한다. 그녀는 예전과 똑같은 수준으로 떨어졌을까? 절대 그렇지 않다. 이제부터 어떤 일이 일어나도 그녀에겐 왕자가 자신과 사랑에 빠졌고 자신이 무도회의 여왕이었다는 기억이 있다. 그래서 훨씬 나아진 조건에서 고생을 하다가 우여곡절 끝에 구두가 발에 맞아 엄청난 행복을 거머쥔다[곡선이 급상승하고 마지막엔 무한대 기호가 붙는다].

이제 프란츠 카프카의 소설을 보자[선 D는 G-I 축의 아래쪽에서 시작한다]. 매력도 없고 잘 생기지도 않은 젊은 남자가 있다. 그에겐 쌀쌀맞은 가족과 승진 가능성이 털끝만큼도 없는 고된 직업이 있다. 봉급은 쥐꼬리만 해서 애인과 춤을 추러 가거나

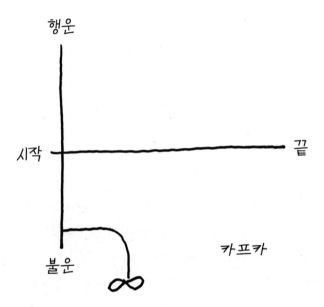

행운

시작 ────────────────────────────── 끝

불운   카프카

친구들을 만나 맥주 한잔 마실 엄두도 내지 못한다. 어느 날 아침 출근하기 위해 잠에서 깨어나보니 그의 몸이 바퀴벌레로 변해 있다[곡선이 급하강하고 마지막엔 무한대 기호가 붙는다]. 비관적이고 슬픈 이야기다.

문제는, 내가 고안한 이 방법이 정말로 작품 평가에 도움이 되느냐다. 진정한 걸작을 이렇게 허술한 그물로 건져올릴 수 있을까? 『햄릿』을 예로 들어보자. 감히 말하건대 『햄릿』은 진정으로 위대한 작품이다. 그렇지 않다고 자신 있게 주장할 사람이 있을까? 이번에는 새로운 선을 그릴 필요가 없다. 햄릿의 상황은 신데렐라와 똑같고 단지 남녀가 뒤바뀌었을 뿐이기 때문이다.

부왕의 죽음으로 햄릿은 슬픔에 잠긴다. 햄릿의 어머니는 곧바로 햄릿의 삼촌을 남편으로 맞는다. 그는 음흉한 악당이다. 그래서 햄릿은 신데렐라와 똑같은 곡선을 그린다. 그때 친구인 호레이쇼가 찾아와 이렇게 말한다. "왕자님, 드릴 말씀이 있습니다. 망대 위에서 이상한 형체를 보았는데, 제 생각엔 왕자님이 직접 말을 걸어보시는 게 좋을 듯합니다. 아무래도 선왕이신 것 같습니다." 망대에 올라간 햄릿은 유령으로 나타난 부왕에게 말을 건다. 그러자 유령이 말한다. "나는 네 아비로다. 무참하게 살해당했으니 복수를 해다오. 나를 죽인 원수는 바로 네 삼촌이다."

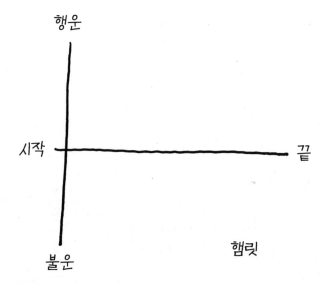

햄릿

이것은 좋은 소식일까, 나쁜 소식일까? 지금도 우리는 그 유령이 정말로 햄릿의 아버지인지 아닌지 알지 못한다. 심령술 모임에 참석해본 사람이라면 원한을 품은 혼령들이 우리 주위를 떠돌아다니며 뭔가 말하려 한다는 것을 안다. 하지만 그들을 믿어서는 안 된다. 영혼의 세계에 누구보다 정통했던 블라바츠키 여사는 혼령의 말을 곧이곧대로 믿으면 바보라고 말했다. 혼령들은 대개 원한을 품고 있으며, 살해당했거나 자살했거나 끔찍한 속임수에 걸려든 자들이라 어떻게든 복수를 하려고 혈안이 되어 있기 때문이다.

그 유령은 정말로 햄릿의 아버지일까? 그리고 그것은 좋은 소식일까, 나쁜 소식일까? 그건 햄릿도 모른다. 하지만 그는 좋다, 확인해볼 방법이 있다고 말한다. 배우들을 불러서 유령이 말한 대로 아버지가 삼촌에게 살해당하는 장면을 연기하게 하고 그 연극을 삼촌에게 보여주겠다는 것이다. 실제로 연극이 펼쳐진다. 그러나 『페리 메이슨』* 같은 일은 일어나지 않는다. 그의 삼촌은 미처 날뛰면서 "그래, 네가 이겼다. 내가 그를 죽였다"라고 외치지 않는다. 연극은 실패한다. 좋은 소식도 나쁜 소식도 아니다. 실패한 후에 햄릿은 어머니를 찾아가 직접 이야기를 나눈다. 그러던 중 휘장이 움직이자 그 뒤에 숨은 사람이 삼

---

* 미국의 탐정 소설 시리즈. CBS에서 TV 드라마로 만들어져 1957년부터 1965년까지 방영되었다.

촌인 줄 알고 "좋다. 나도 이 우유부단함에 신물이 난다"고 외치며 휘장을 향해 검을 찌른다. 그런데 쓰러지는 사람은 누군가? 수다쟁이 폴로니우스다. 러시 림보* 같은 인물로, 셰익스피어는 그가 이 세상에서 사라져도 괜찮을 못난이라고 여겼다.

아둔한 부모들은 폴로니우스가 자식들을 멀리 떠나보내며 강조했던 충고가 부모라면 누구나 자식에게 할 수 있는 말이라고 생각한다. 그러나 그것은 세상에서 가장 어리석은 충고다. 셰익스피어도 그것이 웃긴다고 생각했다.

"빌리지도 말고 빌려주지도 마라." 그러나 인생에서 끊임없이 빌리고 빌려주는 것, 다시 말해 상호 호혜를 빼면 무엇이 남을까?

"무엇보다 너 자신에게 충실하라." 폴로니우스의 이 말은 결국 이기주의자가 되라는 말이다!

더이상 좋은 소식도 나쁜 소식도 없다. 햄릿은 체포되지 않는다. 그는 일국의 왕자이므로 마음만 먹으면 누구라도 죽일 수 있다. 그는 자유롭게 돌아다니다 마침내 결투를 벌이고 죽음을 맞이한다. 그런데 그는 천국으로 갔을까, 지옥으로 갔을까? 이건 하늘과 땅 차이다. 신데렐라 쪽일까, 카프카의 바퀴벌레 쪽일까? 셰익스피어도 나와 마찬가지로 천국이나 지옥을 믿지 않

---

* 극우 성향의 미국 방송인.

왔을 것이다. 그래서 우리는 그것이 좋은 소식인지 나쁜 소식인지 알 수가 없다.

지금까지 나는 셰익스피어가 아메리카 원주민 못지않게 형편없는 이야기꾼이었음을 입증했다.

그러나 『햄릿』의 위대함을 인정할 수밖에 없는 이유가 있다. 셰익스피어는 우리에게 진실을 말했다. 사람들은 좀처럼 칠판 위에 진실을 그리지 못한다. 사실 우리는 인생이 무엇인지 잘 알지 못한다. 그리고 무엇이 좋은 소식이고 무엇이 나쁜 소식인지 알지 못한다.

그리하여 불경스러운 말이지만, 만일 내가 죽으면 천국에 올라가 그곳 책임자에게 물어볼 말이 있다. "이봐요. 대체 뭐가 좋은 소식이었고 뭐가 나쁜 소식이었소?"

I DON'T KNOW
ABOUT YOU,
BUT I PRACTICE
A DISORGANIZED
RELIGION.
I BELONG TO AN
UNHOLY DISORDER.
WE CALL OURSELVES
"OUR LADY OF
PERPETUAL
ASTONISHMENT."

나는 당신을 잘 모릅니다만, 어쨌든 어느 계통 없는 종교를 따르고 있습니다. 나는 세속의 무질서에 속해 있습니다. 우리는 우리 자신을 "영원한 경이의 성모 마리아회"라 부릅니다.

뉴스를 발표하겠습니다

뉴스를 발표하겠다.

어림없다. 나는 대통령 선거에 출마하지 않을 것이다. 물론 한 문장을 완성하려면 주어와 동사가 있어야 한다는 것쯤은 알고 있지만 말이다.

또한 나는 어린이들과 잠을 잔다고 고백하지도 않을 것이다. 대신 이렇게 말하겠다. 나와 잠을 잔 사람들 중에 내 아내가 가장 늙었다고.

다음 소식이다. 나는 펠멜 담배를 생산하는 브라운 윌리엄슨 사를 고소하고 십억 달러를 청구할 것이다! 나는 열두 살 꼬마 시절부터 줄담배를 피우면서 필터 없는 펠멜 외에는 어떤 것도 입에 댄 적이 없다. 그리고 브라운과 윌리엄슨은 지금까지 여러해 동안 담뱃갑 위에 나를 죽이겠다는 공언을 해온 터이다.

그런데 내 나이 이제 여든둘이다. 고맙다, 이 비열한 사기꾼들아. 내가 죽기보다 싫었던 것은 전 세계에서 가장 강력한 세 사람의 이름이 부시, 딕, 콜린이 될 때까지 살아 있는 것이었다.

미국 정부는 마약과 전쟁을 치렀다. 그건 분명 마약이 없는 것보다 훨씬 낫다. 여러분도 알겠지만 1919년부터 1933년까지 미국에서는 주류를 제조, 운송, 판매하는 것이 완전한 불법이었다. 당시 인디애나 신문의 유머리스트인 켄 허바드는 이렇게 말했다. "무주無酒보다는 금주가 낫다."

정말로 놀라운 사실은, 모든 물질 중 가장 널리 남용되고 중독성과 파괴성이 가장 강한 두 종류의 물질이 완벽하게 합법적이라는 것이다.

첫째는 물론 에틸알코올이다. 조지 W. 부시 대통령도 예외가 아니었다. 자신도 인정했듯 그는 열여섯 살부터 마흔 살까지 오랜 기간 술에 절어 살면서 네 발로 기어다녔다고 한다. 그의 말에 따르면 마흔한 살에 예수가 눈앞에 나타나 그때부터 술을 끊고 더이상 독한 술로 양치를 하지도 않게 되었다고 한다.

어떤 술꾼들은 분홍색 코끼리*를 봤다고도 한다.

---

* 작가 잭 런던, 재즈음악가 선 라 등 많은 미국 문화인들이 알코올 중독에 빠졌을 때 '분홍색 코끼리'를 보았다고 고백한 것을 가리키며, 이는 '알코올로 인한 섬망증'을 일컫는 말이기도 하다.

이물질 남용과 관련하여 내 자신의 과거를 고백하자면, 나는 헤로인, 코카인, LSD 등을 보면 즉시 꽁무니를 빼는 소심한 겁쟁이였다. 그런 것들을 맞으면 미치광이로 돌변하지 않을까 하는 두려움이 앞섰다. 오래전에 제리 가르시아가 이끄는 그레이트풀 데드* 멤버들과 마리화나를 피운 적은 있지만 순전히 그들과 어울리기 위해서였다. 마리화나를 피워도 그저 무덤덤했기 때문에 그후론 손을 완전히 뗐다. 또한 신의 은총인지 뭔지는 모르겠지만 알코올 중독과도 거리가 먼데, 이건 거의 유전자 때문이라고 생각한다. 술은 이따금 한두 잔씩 마시고, 오늘밤에도 마실 생각이다. 그러나 내 한계는 딱 두 잔이다. 그전까진 멀쩡하다.

물론 나는 소문난 골초다. 담배를 피우다 죽는 것이 평생의 바람이다. 담배의 한쪽 끝엔 불이 있고 반대편 끝엔 바보가 있는 것이다.

그런데 빼놓을 수 없는 이야기가 있다. 한때 나는 코카인보다 더 강력한 물질에 중독된 적이 있다. 처음으로 운전면허증을 땄을 때였다. 다들 비켜라, 보니것이 간다!

당시 내 차는 기억하기로 스튜드베이커였는데, 오늘날 거의 모든 운송수단과 기계류, 거의 모든 발전소와 용광로와 마찬가

---

* 1960년대 히피 취향의 사이키델릭 밴드.

지로 가장 널리 남용되며 중독성과 파괴력이 가장 강한 약물의 힘으로 움직였다. 바로 화석연료다.

여러분이 태어났을 때는 물론이고 내가 태어났을 때도 산업화된 세계는 이미 화석연료에 운명을 걸고 있었다. 석유는 조만간 바닥이 날 것이다. 그리고 지독한 금단 현상이 찾아올 것이다.

이쯤에서 진실을 밝혀야겠다. 사실 이건 TV 뉴스도 아닌데 뭐. 내가 생각하는 진실은 다음과 같다. 우리는 중독 사실을 부인하는 중증의 화석연료 중독자다. 그리고 금단 현상을 코앞에 둔 많은 중독자들처럼 우리 지도자들은 남아 있는 소량의 약물을 긁어모으기 위해 폭력적인 범죄를 저지르고 있다.

이와 같은 종말은 대체 어떻게 시작되었을까? 어떤 사람들은 아담과 이브가 함정수사에 걸려 선악과를 따먹었기 때문이라고 말한다. 그러나 나는 프로메테우스 때문이라고 생각한다. 그리스 신화에서 프로메테우스는 하늘과 땅의 아들인 티탄 중 하나였는데 어느 날 제우스의 불을 훔쳐 인간에게 갖다주었다. 노한 신들은 그를 발가벗긴 채 바위에 묶고 등을 드러내 독수리들로 하여금 간을 쪼아먹게 했다. 자식을 곱게 키우면 사고를 치는 법이다.

이제 신들의 결정이 옳았다는 게 명백해졌다. 우리의 사촌인 고릴라, 오랑우탄, 침팬지, 긴팔원숭이는 아주 먼 옛날부터 온갖 야채를 날로 먹고도 아무 탈 없이 잘 살고 있는데 우리 인간은 음식을 뜨겁게 데우는 것도 모자라 화석연료를 가지고 열역학 소란을 피우면서 불과 이백 년도 안 되는 짧은 기간에 우주에서 유일하게 생명이 살 수 있는 푸른 행성을 무참히 파괴해왔다.

영국인 마이클 패러데이가 최초의 발전기를 만든 것은 불과 백칠십이 년 전이었다.

독일인 카를 벤츠는 백십구 년 전에 내연기관으로 움직이는 최초의 자동차를 만들었다.

지금은 말라붙었지만 에드윈 L. 드레이크가 펜실베이니아 주 타이터스빌에 미국 최초로 유정을 뚫은 것은 백사십오 년 전의 일이었다.

라이트 형제는 백일 년 전에 최초의 비행기를 만들어 띄웠다. 그 연료는 가솔린이었다.

그후의 야단법석에 대해 설명할 필요가 있을까?

지구는 언제 터질지 모르는 부비트랩이 되어버렸다.

화석연료는 너무나 쉽게 불이 붙었다! 우리는 마지막 한 방울까지 긁어모아 불을 때고 있다. 머지않아 도시는 암흑으로 변하고, 전기는 옛이야기가 될 터이다. 모든 운송 수단이 멈추고 지구는 곧 해골과 뼈와 죽은 기계들로 뒤덮일 것이다.

어느 누구도 손을 쓰지 못할 것이다. 그러기엔 게임이 너무 많이 진행되었다.

그렇다고 파티를 망칠 필요는 없지만, 진실은 알아야 한다. 우리는 마치 내일이 없는 양 물과 공기를 비롯한 지구의 자원들을 흥청망청 써버렸고 그 탓에 정말로 내일이 사라져버렸다.

자, 파티는 계속되고 재미있는 대목은 지금부터다.

EVOLUTION
IS SO CREATIVE.
THAT'S HOW
WE GOT
GIRAFFES.

진화는 진정 창조적이다. 덕분에 우리에게 기린이 생겼으니.

미국의 대가족

이제 재미있는 이야기로 넘어가자. 성에 관해, 그리고 여성에 관해 이야기해보자. 프로이트는 여자가 무엇을 원하는지 모른다고 말했다. 나는 여자가 무엇을 원하는지 안다. 가능한 한 많은 사람들과 이야기를 나누는 것이다. 여자들은 무엇을 이야기를 하고 싶어할까? 세상의 모든 것에 대해서다.

남자들은 무엇을 바라는가? 많은 친구를 바란다. 남자들은 다른 사람들이 그들에게 화를 내며 덤비지 않기를 바란다.

오늘날 수많은 사람들이 이혼하는 이유는 무엇일까? 대부분의 사람들이 더이상 대가족을 이루지 않기 때문이다. 과거에는 남자와 여자가 결혼을 하면 신부는 훨씬 더 많은 사람들과 모든 것에 대해 이야기 나눌 수 있었다. 신랑 역시 훨씬 더 많은 사람들을 친구로 두고 멍청한 농담을 주고받을 수 있었다.

지금은 극소수의 미국인만이 대가족을 이루고 산다. 나바호 족과 케네디 가문 정도다.

오늘날 대부분의 사람들은 결혼을 하면 딱 한 사람과 가정을 이룬다. 신랑은 친구가 하나 생기는데 그나마 여자다. 신부는 이야기 상대가 하나 생기는데 그나마 남자다.

부부싸움이 벌어지면 사람들은 대개 돈이나 권력이나 섹스나 자녀 양육 같은 것 때문에 싸운다고 생각한다. 사실 두 사람은 자기도 모르게 상대방에게 이렇게 말하고 있는 것이다. "당신만으론 사람이 너무 모자라!"

남편과 아내와 아이 몇 명만으론 가족이라 할 수 없다. 그건 아주 허술하고 취약한 생존 단위다.

일전에 나는 나이지리아에서 이보 족 남자를 만났는데, 그에겐 친한 친척이 육백 명이나 되었다. 그의 아내는 얼마 전에 첫 아기를 낳았다. 여느 대가족에서나 출산은 항상 최대 경사다.

그는 나이, 키, 생김새에 상관없이 이보의 모든 친척들에게 갓난아기를 소개할 거라고 말했다. 그 자리에서 아기는 자기보다 조금 더 일찍 태어난 사촌들을 만날 터이다. 어느 정도 체격이 크고 팔 힘이 있는 이들이라면 저마다 아기를 들어보고, 안아보고, 어르고 달래면서, 아기가 정말 예쁘다거나 아기가 아빠나 엄마를 쏙 빼닮았다고 말할 것이다.

여러분도 필시 그런 아기가 되고 싶었을 터이다.

내가 마술을 부릴 수만 있다면 마법의 지팡이를 흔들어 여러 분에게 대가족을 선물하고, 여러분을 이보 족이나 나바호 족 또는 케네디 가의 사람으로 만들어주고 싶다.

조지 부시와 로라 부시를 보라. 그들은 자기들이 반듯하고 선이 분명한 부부라고 생각한다. 그러나 그들은 엄청난 대가족에 둘러싸여 있다. 주위에 판사, 상원의원, 논설위원, 변호사들이 우글댄다는 말이다. 우리도 그런 대가족이 있으면 얼마나 좋을까? 그들은 외롭지 않다. 그들이 그렇게 편하게 사는 것은 그들이 대가족의 일원이기 때문이다. 그래서 나는 궁극적으로 미국이 모든 시민에게 대가족을 마련해주기를 진심으로 바란다. 우리 모두 서로 돕고 살 수 있는 큰 집단이 있다면 얼마나 좋을까!

나는 독일계 미국인이다. 당시만 해도 독일계 미국인들은 동족결혼 풍습을 유지하고 있었다. 1945년에 내가 영국계 미국인인 제인 메리 콕스에게 청혼하자 제인의 삼촌은 그녀에게 정말로 "그놈의 독일인들과 어울리고 싶냐?"고 물었다. 요새는 조금 희미해졌지만 그때나 지금이나 독일계와 영국계 사이에는 샌앤 드레이어스 단층선*이 그어져 있다.

사람들은 이게 1차대전에서 영미 연합군과 독일이 싸웠기 때문이라고 생각할지도 모른다. 독일계 미국인들 중 어느 누구도 미국을 배반하지 않았지만, 전쟁 때문에 그렇게 넓고 깊은 골이 파였다고 생각할 수도 있다. 그러나 맨 처음 균열이 가기 시작한 것은 남북전쟁 때였다. 당시 우리 조상들은 모두 인디애나폴리스에 도착했고 그곳에 정착했다. 그중 한 사람은 전투에서 다리를 잃고 독일로 돌아갔지만, 나머지는 모두 인디애나폴리스에 남았고 무섭게 성공했다.

그들이 도착한 시기에 영국계 지배 계층은, 다국적 언어를 구사하는 요즘 경제계의 과두 지배자들처럼 미국을 제외하고 전 세계에 널려 있는 값싸고 말 잘 듣는 노동자를 원하고 있었다. 그때나 지금이나 그런 인간의 제품 사양은 1883년에 에머 레저러스**가 요약했듯이 "피곤하다" "가난하다" "움츠러들다" "불쌍하다" "집이 없다" "세파에 찌들다" 등이다. 당시에는 그런 사람들을 해외에서 수입해야 했다. 요즘도 그렇지만 불행한 사람들이 사는 곳으로 일자리를 보내줄 순 없는 노릇이었다. 그래서 우리 조상들은 수단 방법을 가리지 않고 몇만 명씩 떼를 지

---

* 미국 서부의 대단층.
** 19세기 시인.

어 이곳으로 몰려왔다.

　그러나 궁핍한 이민자의 물결 속에는 수상한 자들이 끼여 있었는데, 돌이켜보면 영국계 미국인들의 눈에 그들은 트로이의 목마처럼 보였을 것이다. 목마 속에는 건강하고 교양 있는 독일인 사업가와 그들의 중산층 가족이 숨어 있었다. 무엇보다 그들은 투자할 돈을 갖고 있었다. 나의 어머니와 한 배를 타고 온 한 독일인은 인디애나폴리스에서 양조업을 시작했다. 그러나 그는 양조장을 세우지 않고 기존의 양조장을 매입했다! 그것은 결코 신천지 개척이 아니었다. 다시 말해 우리 조상들은 아메리카 대륙을 미개척지로 둔갑시킨 대량학살이나 인종청소와는 완전히 무관했다.

　우리의 결백한 조상들은 일터에서는 영어를 쓰고 집에서는 독일어를 쓰면서 인디애나폴리스, 밀워키, 시카고, 신시내티 등지에 훌륭한 기업들을 세웠을 뿐 아니라 그들만의 은행, 연주회장, 사교 클럽, 체육관과 식당, 대저택과 여름 별장을 세워 영국계 미국인들을 놀라게 했다. 당연한 일이다. "어쨌든 여긴 주인 없는 나라 아닌가?"

WE ARE HERE
ON EARTH
TO FART AROUND.
DON'T LET
ANYBODY
TELL YOU
ANY DIFFERENT.

우리가 지구상에 존재하는 이유는 여기저기 돌아다니며 냄새를 피우기 위해서다. 누군가 다른 이유를 대면 콧방귀를 뀌어라.

러다이트의 즐거운 나들이

사람들은 나를 러다이트라 부른다.

마음에 쏙 드는 말이다.

러다이트라는 말은 무슨 뜻일까? 그것은 최신식 기계를 증오하는 사람이다. 19세기 초 영국에서 네드 러드라는 직물노동자가 새로 들인 여러 대의 첨단 기계, 즉 자동 직기를 때려부쉈다. 자동 직기들이 가동되면 그동안 가족의 의식주를 해결해주었던 러드의 특별한 기술은 무용지물이 되고, 그는 공장에서 쫓겨날 판이었다. 1813년에 영국 정부는 기계파괴 행위를 이른바 '죽을 죄'로 선고하고 열일곱 명의 남자를 교수대에 매달았다.

오늘날의 첨단 기계로는 핵잠수함과 컴퓨터가 있다. 핵잠수함은 탄두에 수소폭탄을 장착한 포세이돈 미사일을 싣고 다닌다. 그리고 컴퓨터라는 첨단 기계는 우리에게 가만히 앉아만 있어도 된다고 사기를 친다. 빌 게이츠는 "가만히 앉아서 컴퓨터가 어떻게 변하는지를 지켜보라"고 말한다. 그러나 변해야 하는 쪽은 빌어먹을 컴퓨터가 아니라 우리 인간이다. 우리의 미래는 우리 자신의 땀과 노력을 통해 기적처럼 만들어가야 한다.

나는 진보 앞에 무릎을 꿇었다. 진보는 내게서 이백 년 전 네드 러드의 눈에 수동 직기로 보였음직한 소중한 물건을 앗아갔다. 바로 타자기다. 지금은 어디서도 그런 물건을 쓰지 않는다. 참고로 말하자면 타자기로 친 최초의 소설은 『허클베리 핀』이었다.

오래전 이야기는 아니지만 과거에 나는 타자기를 사용했다. 스무 쪽가량을 치고 나서 연필로 여기저기 교정을 본 다음, 타이피스트인 캐럴 앳킨스에게 전화를 걸었다. 상상이 가는가? 캐럴은 뉴욕 우드스톡에 살고 있었다. 여러분도 알겠지만 1960년대에 열렸던 유명한 섹스와 마약의 축제에 이곳 지명이 붙어 있다(사실 우드스톡 록페스티벌은 근처에 있는 베설에서 열렸다. 그래서 그때 우스드톡에 간 기억이 있다고 말하는 사람은 실은 그곳에 가지 않은 사람이다). 준비가 되면 캐럴에게 전화를 걸었다. "캐럴, 어떻게 지내요? 허리는 좀 어떤가요? 블루버드는 좀 봤어요?" 우리는 서로 잡담을 늘어놓았다. 나는 사람들과 수다 떨기를 좋아한다.

캐럴과 그녀의 남편은 블루버드를 끌어들이려고 노력했다. 블루버드를 끌어들이려면 새가 살 집을 만들어, 소유지의 울타리에 지상 3피트 높이로 설치해야 한다. 요즘에도 블루버드가 있는지 모르겠다. 캐럴 부부는 운이 없었고, 나도 교외에 있는 우리집에서 시도해봤지만 마찬가지였다. 어쨌든 실컷 수다를 떤 다음 내가 "여기 몇 쪽을 완성했는데 타자 좀 쳐주겠어요?"라고 말하면 그녀는 "좋아요"라고 대답한다. 그녀에게 맡기면 원고가 컴퓨터로 친 것처럼 깔끔하다는 걸 나는 잘 안다. 내가 "우편물이 분실될까 걱정이에요"라고 말하면 그녀는 "한 번도 그런 적이 없잖아요"라고 대답한다. 실제로 그녀의 말처럼 원고를 잃어버린 경우는 한 번도 없었다. 이제 그녀는 네드 러드와 같은 처지가 되었다. 정교한 타자 솜씨는 무용지물이다.

어쨌거나 나는 원고를 집어들고 강철 종이 클립이라는 물건을 꺼낸 다음 원고를 고정시키고 조심스레 장수를 센다. 그리고 외출을 하기 위해 아래층으로 내려간 다음, 당시에도 첨단 기술에 능통했지만 지금은 최첨단까지도 훤히 꿰뚫고 있는 사진 평론가 질 크레멘츠 여사 곁을 지난다. 아내는 "어디 가요?" 하고 소리친다. 그녀가 어렸을 때 좋아했던 책은 소녀 탐정 낸시 드루 시리즈였다. 그래서인지 그녀는 "어디 가요?"라는 질문을 결코 빼먹지 않는다. 내가 "봉투 사러 가" 하고 대답하면 그녀는 이렇게 말한다. "여보, 가난뱅이도 아니면서 왜 그래요? 이참에

천 장짜리 한 묶음을 사는 게 어때요? 여기까지 배달해줄 거예요. 벽장에 넣어두고 쓰면 되잖아요." 그러면 나는 "쉿" 하고 대답하고는 문을 나선다.

계단을 내려가면 뉴욕 시 2번가와 3번가 사이의 48번로가 나온다. 나는 잡지와 복권과 문방구를 파는 길 건너 가판대로 향한다. 나는 그곳에서 파는 물건들을 훤히 알고 있다. 그곳에는 마닐라 봉투가 있다. 그 봉투를 만든 사람은 내가 쓰는 종이의 크기가 얼마만 한지 미리 알고 있는 것만 같다. 나는 줄을 선다. 복권이나 사탕 같은 것들을 사러 온 사람들이 차례를 기다리고 있기 때문이다. 기다리는 동안 그들과 잡담을 나눈다. "아는 사람 중에 복권에 당첨된 사람이 있나요?" "어쩌다가 발을 다치셨소?"

어느덧 줄의 맨 앞으로 간다. 이 가게 주인은 힌두 사람이다. 카운터를 보는 여자는 미간에 보석을 달아놓았다. 이만 하면 나들이한 보람이 있지 않은가? 나는 그녀에게 "최근에 큰 액수에 당첨된 사람이 있었소?" 하고 물은 다음 봉투 값을 지불한다. 그리고 들고 온 원고를 봉투에 넣는다. 봉투에는 날개의 구멍에 끼울 수 있는 쇠핀 두 개가 달려 있다. 마닐라 봉투를 본 적이 없는 사람들을 위해 설명하자면, 봉투를 봉하는 방법은 두 가지다. 나는 두 가지 모두 사용한다. 먼저 풀이 묻은 부분을 혀로 핥는데, 보는 사람에 따라 조금 섹시할 수도 있겠다. 그리고 위에서 설명한 작고 가는 금속 핀—이걸 무어라 부르는지는 모르겠다—을 구멍에 꽂는다. 그런 다음 덮개를 접어 붙인다.

나는 다음 블록인 47번로와 2번가 모퉁이에 있는 우체국으로 향한다. 우체국은 유엔 건물과 아주 가깝기 때문에 언제나 전 세계에서 온 재미있게 생긴 사람들로 북적거린다. 우체국으로 들어가 다시 줄을 선다. 나는 창구에서 일하는 아가씨와 남몰래 사랑에 빠졌다. 그녀는 모르고, 아내는 안다. 그렇다고 어찌 해볼 생각은 없다. 그녀는 아주 예쁜 여자다. 항상 창구 뒤에 앉아 있기 때문에 내가 볼 수 있는 것이라곤 허리 위쪽뿐이지만, 그녀에겐 상체만으로 우리의 기분을 밝게 해주는 재주가 있는 것 같다. 어떤 날에는 곱슬곱슬한 파마머리였다가 또 어떤 날에는 반듯하게 편 생머리를 하고 일한다. 하루는 검은색 립스틱을 바르기도 했다. 이 모든 것이 전 세계에서 온 모든 사람을 기분 좋게 해주기 위해서일 것이다. 그래서 그녀는 더 흥미롭고 친절해 보인다.

나는 줄을 서서 기다리는 동안 앞사람에게 말을 건넨다. "방금 당신이 말한 언어가 뭔가요? 우르두 말인가요?" 나는 즐겁게 대화를 나눈다. 하지만 항상 그런 건 아니다. 이렇게 말할 때도 있다. "여기가 마음에 안 들면 당신이 태어난 한심하고 초라한 독재 국가로 돌아가는 게 어때?" 한번은 줄을 서서 기다리는 동안에 지갑을 소매치기 당해 경찰을 불러 신고를 한 적도 있다.

어쨌든 잠시 노닥거리면 내 차례가 온다. 나는 그녀에게 속마음을 들키지 않으려고 포커페이스를 유지한다. 그녀는 차라리 멜론과 눈을 마주치는 게 나을 게다. 내 표정은 돌처럼 차갑지만 심장은 마냥 쿵쾅거린다. 나는 봉투를 건네고 그녀는 무게를 잰다. 굳이 이렇게 하는 것은 우표를 정확한 개수로 붙이고 싶어서고 그녀로부터 오케이라는 말을 듣고 싶어서다. 그녀가 우표를 정확히 붙였다고 말하고 그 위에 소인을 찍으면 그걸로 끝이다. 이제 우편물은 나에게 반송되지 않는다. 나는 우표 값을 지불하고 봉투에 캐럴의 주소와 성명을 적는다.

밖으로 나가면 우체통이 있다. 나는 파란색 페인트가 칠해진 커다란 황소개구리의 입에 원고를 넣는다. 녀석은 "개굴" 하고 외친다.

이제 집으로 향한다. 즐거운 나들이였다.

전자 공동체에는 실체가 없다. 아무것도 손에 잡히지 않는다. 인간은 춤추는 동물이다. 잠자리에서 일어나 세수를 하고 대문을 나서서 뭔가 한다는 건 얼마나 멋진 일인가! 우리가 지구상에 존재하는 것은 여기저기 돌아다니며 냄새를 피우기 위해서다. 누군가 다른 이유를 대면 콧방귀를 뀌어라.

아랍인들이 멍청해 보인다고? 그들은 우리에게 숫자를 줬다. 한번 로마 숫자
로 긴 나눗셈을 해보라.

당신도 알다시피

2004년 11월 11일에 나는 여든두 살이 되었다. 그 나이가 되면 어떻게 되는지 아는가? 나는 벌써부터 갓길 주차를 똑바로 못한다. 그러니 주차할 때는 제발 쳐다보지 마라. 중력도 예전보다 훨씬 더 불친절하고 난폭해졌다.

내 나이가 되고 자식이 있는 사람이라면 이미 중년에 접어든 자식에게 "인생이 대체 뭐냐?"고 묻게 된다. 나는 자식이 일곱이고 그중 셋은 부모를 잃은 조카들이다.

소아과 의사인 아들에게 인생이 무엇이냐는 무거운 질문을 던지자 닥터 보니것은 늙어빠진 아버지를 보고 이렇게 대답했다. "아버지, 그게 무엇이든 우리는 서로 도우면서 살기 위해 존재하는 것 같아요."

우리의 정부, 회사, 대중매체, 종교 기관, 자선 단체들이 아무리 타락하고 탐욕스럽고 매정하게 변했을지라도 음악은 여전히 경이롭고 아름답다.

내가 죽으면 묘비에 다음과 같은 문구가 새겨지기를 바란다.

그가 신의 존재를 믿는 데 필요했던 유일한 증거는
음악이었다

우리가 베트남에서 어리석고 파괴적인 전쟁을 벌이는 동안에도 음악은 점점 더 좋아지고 있었다. 어쨌든 우리는 전쟁에서 패했다. 사람들이 우리를 몰아내기 전까지 인도차이나에는 질서가 찾아올 수 없었다.

베트남 전쟁은 백만장자들을 억만장자로 만들었다. 오늘날의 전쟁은 억만장자들을 조만장자로 만들고 있다. 그런 의미에서 그것도 진보라면 진보인 셈이다.

그에 비해 미국에 침략당한 나라의 국민들은 왜 신사 숙녀처럼 제복을 입고 탱크와 헬리콥터를 동원해 싸우지 못하는 것일까?

음악 이야기로 돌아가보자. 음악은 세상 모든 사람이 음악이 없을 때보다 인생을 더 사랑하게 만든다. 평화주의자로서 모순일 수도 있지만 나는 심지어 군악을 들어도 기분이 좋아진다. 슈트라우스와 모차르트를 비롯해 모든 음악을 정말로 좋아하지만, 그중에서도 아프리카계 미국인들이 노예 생활을 하는 동안 전 세계에 나눠준 선물은 너무나 소중하여, 오늘날 많은 외국인들이 미국을 그나마 조금이라도 좋아하는 거의 유일한 이유가 되었다. 우울증이라는 이름의 세계적인 전염병에 특효가 있는 이 선물은 다름 아닌 블루스 음악이다. 재즈, 스윙, 비밥, 엘비스 프레슬리, 비틀스, 롤링 스톤스, 로큰롤, 힙합을 비롯한 현대의 모든 대중음악이 블루스에서 유래했다.

블루스는 전 세계인에게 돌아간 선물인 걸까? 내가 들어본 최고의 리듬앤블루스 연주는 폴란드 크라쿠프의 한 클럽에서 핀란드 출신의 세 남자와 한 여자가 연주한 것이었다.

재즈 역사가이자 훌륭한 작가이고 무엇보다 나의 절친한 친구인 앨버트 머리가 한 말에 따르면, 이 나라에 노예제—결코 완전히 치유되지 못할 잔학 행위—가 번성했던 기간의 평균 자살률은 노예보다 노예 소유주 쪽이 훨씬 높았다고 한다.

머리가 생각하기에 그 이유는 노예들에겐 우울증을 해결할 방법이 있었던 반면, 노예 소유주들에겐 그런 것이 없었다는 것이다. 노예들은 블루스를 연주하고 노래함으로써 노인자살 충동을 떨칠 수 있었다. 머리가 제시하는 또다른 이유도 나에겐 꽤 합당하게 들린다. 즉 블루스는 우울증을 집 밖으로 날려버리지는 못하지만 음악을 연주하는 방 안 구석으로 쫓아버릴 수는 있다는 것이다. 기억해둘 필요가 있는 사실이다.

외국인들은 재즈 때문에 우리를 사랑한다. 그들은 우리가 만인의 자유와 정의를 외친다 해서 우릴 미워하지는 않는다. 그들이 우릴 미워하는 건 우리의 거만함 때문이다.

어릴 적 인디애나폴리스의 제임스 휘트컴 라일리 초등학교 43호 교실에서 우리는 도화지 위에 미래의 집, 미래의 배, 미래의 비행기를 그리곤 했다. 그 그림에는 미래의 모든 꿈이 담겨 있었다. 물론 당시에는 모든 것이 멈춰 있었다. 공장들은 문을 닫았고 대공황은 계속되었다. 번영이라는 말은 마법의 단어였다. 우리는 언젠가 번영이 올 것이라 믿고 준비하고 있었다. 우리는 인간이 거주할 이상적인 집과 이상적인 운송 수단을 꿈꾸고 있었다.

오늘날 근본적으로 달라진 것은, 이제 막 스물한 살이 된 우리 딸 릴리는 여러분의 아이들처럼, 조지 W. 부시(그도 어린애이긴 마찬가지다)처럼, 그리고 사담 후세인과 그밖의 수많은 인물들처럼, 놀랍게도 아주 최근에야 없어진 노예제의 역사와 끔찍한 AIDS 전염과 여차하면 로켓과 수소폭탄을 발사해 천문학적인 수의 남녀노소를 방사능 폐기물로 만들고자 하는 승무원들을 태우고 아이슬란드의 피오르나 그밖의 어딘가에서 잠자고 있는 핵잠수함을 물려받게 되었다는 것이다. 우리 아이들은 과학기술을 물려받았지만 그 부산물들은 전시에나 평화시에나 모든 종류의 생물이 먹고 마시고 숨쉬며 살아갈 우리의 지구를 빠르게 파괴하고 있다.

과학을 공부했거나 과학자와 이야기해본 사람이라면 현재 우리가 아주 큰 위험에 직면해 있다는 사실을 알게 된다. 인간은 예나 지금이나 무차별 파괴를 일삼고 있다.

내 앞에 놓인 가장 중요한 진실, 얼마 남지 않은 생애 동안에 나를 재미없는 사람으로 만들어버릴 진실은, 사람들이 지구의 미래를 눈곱만큼도 신경 쓰지 않는다는 것이다. 내가 보기엔 모든 사람이 마치 알코올 중독자 치료협회의 회원들처럼 하루하루를 살아가고 있다. 단 며칠만 더 살아도 충분한 것처럼 말이다. 내가 아는 한 후손들의 세계를 꿈꾸며 사는 사람은 거의 없다.

오래전 내가 무척 순진했던 시절에는 우리 미국이 정말로 우리 세대의 많은 사람들이 꿈꾸었던 인간적이고 이성적인 나라가 될 수 있을 거라 생각했다. 우리는 대공황 시절에 그런 미국을 꿈꾸었는데, 그때는 일자리도 없었다. 얼마 후 2차대전이 일어나자 우리는 그 꿈을 위해 싸우고 죽기도 했는데, 그때는 평화도 없었다.

그러나 이제는 안다. 우리의 한심한 미국이 인간적이고 이성적인 나라로 변할 가능성이 조금도 없다는 것을. 권력은 우리를 타락시키고, 절대 권력은 우리를 절대적으로 타락시키기 때문이다. 인간은 권력에 도취된 침팬지다. 미국 지도자들이 권력에 취한 침팬지라고 말한다면 나는 중동에서 싸우다 죽어가는 우리 병사들의 사기를 꺾는 매국노가 되는 걸까? 그들의 사기는 이미 찢겨진 시체처럼 산산히 흩어졌다. 그들은 부잣집 아이가 크리스마스 선물로 받은 장난감 병정과 같다.

유명한 미국인들이 엄청난 인재人災를 경험한 후에 '관계자들에게' 당부한 글 중 가장 지적이고 제대로 된 것을 꼽는다면 펜실베이니아 주 게티즈버그에서 에이브러햄 링컨이 발표한 공지문이 될 것이다. 그때는 전장이 하도 작아서 말을 타고 산꼭대기에 오른 이들은 그 전체를 볼 수 있었다. 원인과 결과는 매우 단순했다. 원인은 질산칼륨, 숯, 황의 혼합물인 화약이었고, 결과는 빗발치는 금속, 총검, 개머리판이었다.

에이브러햄 링컨은 총성과 함성이 사라진 죽음의 전쟁터에 대해 이렇게 말했다.

우리는 이 땅을 깨끗이 씻어 신에게 바칠 수 없다.
우리는 이 땅을 정화할 수도, 봉헌할 수도 없다.
이곳의 전투에서 살아남거나 죽은 자들, 그 용감한 자들이
이 땅의 고귀함을 높이거나 떨어뜨릴
우리의 미천한 힘보다 월등히 강한 힘과 용기로
이미 이 땅을 정화하여 신에게 바친 것이다.

정말이지 한 편의 시다! 당시만 해도 이렇게 전쟁의 공포와 슬픔을 아름다움으로 승화하는 것이 가능했다. 미국인들은 전쟁을 생각할 때마다 이런 영광과 존엄의 환상에 빠질 수 있었다. '당신도 알다시피'라는 식의 인간적인 환상이다. 나는 그것을 그렇게 부르고 싶다.

끝으로 사족을 달자면 나는 이미 이 단락에서 링컨의 게티즈버그 연설을 백 단어나 초과했다. 정말 못 말리는 수다쟁이다.

군사적 우위나 그로 인한 외교적 우위를 바라고서 재래식 무기로든 대학에서 발명한 최신 발명품으로든 무방비 상태의 민간인 가족을 대량 살상하는 것은 궁극적으로 바람직한 생각이 아니다.

그것이 과연 효과가 있을까?

그 생각의 지지자들, 그러니까 그 열성 팬들은 우리가 불편해하거나 고약하다고 생각하는 나라의 지도자들이 제 나라 국민들을 불쌍히 여길 줄 안다고 가정한다. 만일 그 지도자들이 그들 자신과 똑같이 생기고 똑같은 언어를 구사하는 여자나 어린아이, 노인들이나 또는 그들의 친척들이 폭격에 고깃국물 신세가 되는 꼴을 보거나, 최소한 그에 관한 이야기를 듣게 된다면 그 자리에 주저앉아 눈물을 흘릴 것이라고 생각하는 것이다. 내가 이해하기론 그래서 그런 생각을 지지하는 것이다.

그런 이론을 믿느니 차라리 산타클로스와 이의 요정*을 미국 외교의 상징으로 삼는 게 낫지 않을까?

지금 우리에겐 마크 트웨인과 에이브러햄 링컨이 필요하다. 그들은 어디에 있는 걸까? 그들은 미국 중부 시골 출신이었고, 둘 다 미국인들로 하여금 스스로를 비웃을 수 있도록 가르쳤으며 정말로 중요하고 도덕적인 농담들을 맛보게 해주었다. 그들이 우리를 보면 뭐라고 말할까?

　마크 트웨인의 작품 중 가장 굴욕적이고 비참한 이야기는 스페인-미국 전쟁이 끝난 후, 미국 병사들이 필리핀 민중을 해방시킨다는 명목으로 육백 명의 모로 족 남자와 여자와 어린이를 살해한 이야기다. 우리의 용감한 지휘관은 레너드 우드였는데 그의 이름을 딴 요새가 지금도 남아 있다. 미주리 주의 레너드 우드 요새가 그것이다.

　에이브러햄 링컨이라면 미국의 이 제국주의 전쟁에 대해, 고상한 평계를 대자면 가장 훌륭한 정치적 연줄을 가진 가장 부유한 미국인들에게 더 많은 천연자원과 온순한 노동력을 공급하기 위한 이 전쟁들에 대해 뭐라고 했을까?

　무언가 말하면서 에이브러햄 링컨을 언급하는 것은 대개 실수다. 그는 판을 완전히 자기 걸로 만들어버리곤 하니까. 어쨌

＊빠진 이를 베개 밑에 두면 잠잘 때 그것을 가져가고 대신 돈을 넣어둔다는 요정.

든 나는 지금 그의 말을 또다시 인용하려는 참이다.

게티즈버그 연설을 하기 십여 년 전인 1848년, 일개 국회의
원이었던 링컨은 미국의 멕시코 침략에 큰 슬픔과 굴욕감을 느
꼈다. 멕시코는 단 한 번도 미국을 공격한 적이 없었다. 링컨 의
원이 염두에 둔 인물은 제임스 포크였다. 링컨은 미국 대통령이
자 미국 군대의 총사령관인 포크에 대해 이렇게 말했다.

엄밀한 조사를 피하려는 심산으로, 대중의 관심을 화려한
군사적 번영과 피의 소나기 위에 떠오르는 매혹적인 무지개
로, 황홀한 파괴 충동으로 몰고 가는 뱀의 눈으로 돌림으로써
그는 전쟁에 돌입했다.

얼마나 훌륭한가! 작가인 나로서도 놀라울 뿐이다!

여러분은 멕시코 전쟁 때 우리 미국이 실제로 멕시코시티를
점령했다는 사실을 알고 계시는가? 왜 그날을 국경일로 정하지
않았을까? 왜 당시 대통령인 제임스 포크의 얼굴을 로널드 레이
건과 함께 나란히 러시모어 산에 새겨놓지 않았을까? 그러니까
미국에서 남북전쟁이 시작되기 이전인 1840년대에 멕시코를
악한 나라로 규정한 것은 그곳에서 노예제가 불법이었기 때문
이었다. 알라모 요새를 기억하시는가? 그 전쟁으로 우리는 캘리
포니아를 빼앗고 많은 사람과 재산을 강탈했다. 그때 우리는 단

지 조국을 지키기 위해 싸우는 멕시코 병사들을 도살하는 것이 살인이 아닌 양 행동했다. 어디 캘리포니아뿐일까? 텍사스, 유타, 네바다, 애리조나, 뉴멕시코 일부, 콜로라도, 와이오밍도 마찬가지였다.

전쟁에 대해 이야기하자면, 조지 W. 부시가 아랍인들만 보면 진저리를 치는 이유가 무엇인지 여러분은 아시는가? 그들은 우리에게 대수학을 선사했다. 또한 아무것도 없다는 의미의 기호를 포함하여 현재 우리가 사용하고 있는 아라비아 숫자를 선사했다. 그전까지 유럽에는 그런 것이 없었다. 아랍인들이 멍청해 보인다고? 한번 로마 숫자로 긴 나눗셈을 해보라.

THE HIGHEST TREASON
IN THE USA
IS TO SAY
AMERICANS
ARE NOT LOVED,
NO MATTER
WHERE THEY ARE,
NO MATTER
WHAT
THEY ARE
DOING THERE.

미국에서 최고의 반역은 미국인들이 세계 어느 나라에 가든, 그리고 그곳에서 어떤 행동을 하든 사랑받지 못할 거라고 말하는 것이다.

억측과 농담

휴머니스트란 무엇인가?

우리 부모와 조부모는 한때 자유사상가라고도 불렸던 휴머니스트였다. 그래서 나 역시 휴머니스트로서 내 조상들을 존경하고 있는데 이는 성경에도 좋은 일이라 적혀 있다. 우리 휴머니스트들은 사후에 받을 어떤 보상이나 처벌을 고려하지 않은 채 최대한 점잖고 공정하고 올바르게 행동하고자 노력한다. 우리 형과 누나는 사후세계가 존재한다고 생각하지 않았고, 부모와 조부모 역시 사후세계를 믿지 않았다. 살아 있다면 그것으로 충분했다. 우리 휴머니스트들은 우리가 현실적으로 친밀감을 느낄 수 있는 유일한 추상성에 최선을 다해 봉사한다. 그것은 바로 우리의 사회다.

말이 난 김에 고백하자면 나는 미국 휴머니즘 협회 명예회장인데, 지금은 고인이 된 위대한 SF 소설가 아이작 아시모프로부터 완전히 이름뿐인 그 직위를 물려받았다. 몇 년 전 아이작을 위한 추도식에서 나는 청중을 향해 "아이작은 지금 천국에 있습니다"라고 말했다. 휴머니스트들 앞에서 할 수 있는 가장 우스운 말이었다. 사람들은 데굴데굴 구르면서 웃었다. 몇 분이 지나서야 식장은 질서를 되찾았다. 그리고 불경스러운 말이지만 만일 내가 죽으면 여러분이 "커트는 지금 천국에 있다"고 말해주면 좋겠다고 덧붙였다. 이건 내가 즐겨 쓰는 농담이다.

휴머니스트들은 예수를 어떻게 생각할까? 휴머니스트라면 누구나 그렇듯 나는 예수를 다음과 같이 생각한다. "그의 가르침이 훌륭하고 대부분의 말이 절대적으로 아름답다면 그가 신이든 아니든 무슨 상관이겠는가?"

그러나 만일 그리스도가 자비와 동정의 메시지가 담긴 산상수훈을 설파하지 않았다면 나는 인간으로 태어나고 싶지 않았을 것이다.

차라리 방울뱀으로 태어나는 게 나았으리라.

지난 백만 년 동안 인간은 거의 모든 것에 대해 억측하며 살아왔다. 역사책에 기록된 중요 인물들은 가장 매력적이고 때로는 가장 무시무시한 억측가들이다.

그중 두 사람의 이름을 예로 든다면?

아리스토텔레스와 히틀러가 대표적일 것이다.

전자는 훌륭한 억측가이고 후자는 사악한 억측가이다.

그런데 인류 역사상 많은 나라의 대중은 오늘날 우리가 느끼는 바와 다름없이 자신의 교육이 불충분하다고 생각하거나 혹은 정말로 그런 이유 때문에 이런 저런 억측가들을 믿을 수밖에 없었다.

예를 들어 16세기 러시아에서 이반 뇌제의 억측을 존중하지 않은 사람들은 모자를 쓴 채로 머리에 못이 박히곤 했다.

때로는 설득력 있는 억측가들이 우리로 하여금 도저히 이해할 수 없는 특별한 시련들을 견딜 수 있도록 용기를 불어넣어준다는 사실은 인정할 만하다. 그런 이유에서 구 소련에서는 이반 뇌제를 영웅으로 추앙했다. 흉작, 흑사병, 화산 폭발, 사산死産과 같은 현상들 앞에서 억측가들은 종종 우리가 불운과 행운을 이해할 수 있으며, 그래서 그런 현상을 현명하고 효과적으로 해결할 수 있다는 환상을 던져주었다. 그런 환상이 없으면 우리는 오래전에 자포자기했을지도 모른다.

그러나 진실을 말하자면 억측가들은 보통 사람들보다 많은 것을 알지는 못했고 심지어 더 무지할 때도 있었다. 특히 인간이 운명을 지배할 수 있다는 환상은 보통 사람으로는 생각하기 힘든 무식한 억측이었다.

설득력 있는 억측은 인류의 역사가 시작된 이래로 거의 모든 지도력의 핵심이었다. 그래서 대부분의 지도자들이 갑자기 인류의 손에 들어온 모든 지식을 무시하고 과거의 억측에 계속 매달리는 것도 그다지 놀라운 일은 아니다. 오늘날에는 정치 지도자들이 억측에 억측을 더하면서 사람들의 이목을 끌고 있다. 워싱턴에서는 세계에서 가장 시끄럽고 가장 무식하면서도 거만한 억측이 판을 치고 있다. 우리 지도자들은 과학과 학문과 학술 연구가 인류에게 선사한 그 모든 지식에 넌더리가 난 모양이다. 그들은 미국 전체가 자기들과 똑같다고 생각한다. 착각은 자유다. 그들이 낡은 가방에서 꺼내들고 시끄럽게 선전하고 있는 것은 금본위제가 아니다. 그보다는 생필품에 훨씬 가깝다. 그들은 우리에게 다음과 같은 사이비 약을 선전하고 있다.

총기는 교도소와 정신병동 수감자를 제외하고 모두에게 유익하다.

맞는 말이다.

국민 건강에 수백만 달러를 쓰면 인플레이션이 발생한다.

맞는 이야기다.

무기에 수십억 달러를 쓰면 인플레이션이 감소한다.

맞는 이야기다.

우익 독재가 좌익 독재보다 미국적 이상에 훨씬 더 가깝다.

맞는 이야기다.

비상시에 발사할 수 있는 수소폭탄을 더 많이 보유하면 인류는 더 안전할 것이고 후손들이 물려받을 세계는 더 행복할 것이다.

맞는 이야기다.

방사성 폐기물을 포함한 산업 폐기물이 사람에게 해를 입힌 경우는 극히 드물기 때문에 누구라도 그에 대해 왈가왈부해서는 안 된다.

맞는 이야기다.

기업은 원하는 대로 무엇이든 할 수 있어야 한다. 기업은 뇌물을 줘도 괜찮고, 환경을 조금 파괴해도 괜찮고, 가격을 담합하거나 멍청한 소비자들을 우롱하거나 공정 거래를 위반해도 괜찮고, 파산 시 국고를 낭비해도 괜찮다.

맞는 이야기다.

그것이 자유 시장 체제다.

맞는 이야기다.

빈민들이 가난한 것은 과거에 큰 실수를 저질렀기 때문이다.

따라서 그 자식들이 대가를 치러야 한다.

맞는 이야기다.

미합중국 정부가 모든 국민을 돌볼 수는 없다.

맞는 이야기다.

자유 시장 체제면 충분하다.

자유 시장은 자율적인 사법 체계다.

맞는 이야기다.

이는 전부 농담이다.

지식이 있고 생각이 있는 사람들은 워싱턴 DC에서 환영받지 못한다. 내가 아는 중학교 1학년 학생들 중에서도 몇몇 똑똑한 아이들은 워싱턴 DC에서 환영받지 못할 것이다. 여러분도 기억하겠지만 몇 달 전에 의사들이 한자리에 모여, 수소폭탄이 조금만 터져도 인류의 생존이 위험해지는 것은 간단하고 자명한 의학적 사실이라고 발표했다. 그들 역시 워싱턴 DC에서 환영받지 못했다.

우리가 먼저 일제히 수소폭탄을 투하해 적이 반격하지 못하게 된다 해도 폭탄으로부터 방출된 독성물질이 지구 전체를 야금야금 질식시킬 것이다.

워싱턴의 반응은 어떠한가? 그들은 다르게 생각한다. 지식 따위가 무슨 소용인가? 권력은 여전히 거칠고 난폭한 억측가들의 손에 있다. 그들은 지식을 끔찍하게 싫어한다. 그런데 그 억측가들은 최고의 고등교육을 받은 인물들이다. 어처구니없는 일이다. 그들은 값비싼 졸업장과 함께 모든 지식과 교양을 내팽개쳤다. 그중에는 심지어 하버드 대학과 예일 대학의 졸업장도 있다.

그러지 않았다면 그들의 노골적인 억측이 이렇게까지 계속될 수 있겠는가. 부탁하건대 여러분은 그러지 말아달라. 하지만 우울한 사실이 있다. 만일 여러분이 계속 교육을 통해 얻은 광대한 지식을 사용한다면 그 때문에 지독한 따돌림을 당할 것이다. 억측가들이 수적으로 우세하기 때문이다. 억측해보건대 열 배 정도는 될 것 같다.

혹시나 알아채지 못한 독자들을 위해 설명하자면, 뻔뻔스러운 조작으로 수천 명의 아프리카계 미국인들이 선거권을 빼앗겼던 플로리다 투표의 결과로 인해 현재 우리 미국은 가공할 무기를 양손에 쥔 채 전 세계 사람들에게 당당하게 턱을 내밀며 웃고 있는 무자비한 전쟁광으로 비춰지고 있다.

혹시나 알아채지 못한 독자들을 위해 설명하자면, 우리 미국은 과거에 나치가 그랬듯이 전 세계 사람들에게 공포와 증오를 불러일으키고 있다.

그럴 이유는 충분하다.

혹시나 알아채지 못한 독자들을 위해 설명하자면, 부정 선거로 당선된 미국 지도자들은 단지 종교와 인종이 다르다는 이유로 수백 수천만 인간들을 짐승처럼 취급해왔다. 우리는 제멋대로 그들을 해치고, 죽이고, 고문하고, 투옥한다.

그런 것쯤은 식은 죽 먹기다.

혹시나 알아채지 못한 독자들을 위해 설명하자면, 우리는 또한 우리의 병사들도 짐승처럼 취급했다. 그들의 종교나 인종 때문이 아니라 비천한 사회계층 때문이었다.

자, 병사들을 지옥으로 보내 악마처럼 행동하게 만들라.

이것도 식은 죽 먹기다.

〈오라일리 팩터〉*를 보라.

그래서 나는 나라 없는 사람이 되었다. 그래도 도서관 사서들과 시카고의 주간지 〈인디즈타임스*In These Times*〉는 예외로 하고 싶다.

미국이 이라크를 공격하기 전, 위엄 넘치는 〈뉴욕 타임스〉는 이라크에 대량살상 무기가 있다고 호언장담했다.

앨버트 아인슈타인과 마크 트웨인은 생애 말년에 인류에 대

---

* 미국 폭스 TV의 대표적인 우익 프로그램.

한 희망을 버렸다. 트웨인은 1차대전도 보지 못했는데 말이다. 오늘날 전쟁은 일종의 TV 오락프로가 되었다. 1차대전을 특별한 오락거리로 만든 것은 미국에서 발명한 두 종류의 무기인 가시철조망과 기관총이었다.

슈렙널이라 불리는 유산탄榴散彈은 슈렙널이라는 이름의 영국인이 발명했다. 여러분도 그런 발명품에 자기 이름을 붙이고 싶은가?

내가 특별히 좋아하는 아인슈타인과 트웨인처럼 나 역시 인간에 대해 두 손을 들었다. 나는 2차대전 참전용사이므로 무자비한 전쟁 무기에 항복하는 게 이번이 처음은 아니다.

나의 결론은 "삶은 동물을 다루기에 적절치 않은 방식이다. 심지어 생쥐 한 마리일지라도"*라는 것이다.

네이팜탄은 하버드에서 발명되었다. '진리veritas'란 그런 것인가?

우리 대통령이 기독교도였던가? 아돌프 히틀러도 기독교도였다.

미국의 지도자들에게 무슨 말을 할 수 있을까? 미국 정부와 기업의 금고를 털어 자신의 호주머니를 채우고 있는 그 정신병자들, 양심도 없고 동정심이나 수치심조차 없는 자들에게.

---

* 보니것의 소설 속에 등장하는 인물인 SF 작가 킬고어 트라우트의 묘비명으로, 생명 경시 풍조를 비꼬아 표현한 것이다.

내가 여러분에게 권하고픈 최고의 해결책은 사실 너무나 초
라하다. 그것은 무대책보다 나을 게 없거나 오히려 더 못할 수
도 있다. 나는 여러분에게 진정한 현대적 영웅이라는 개념을 소
개하고 싶다. 그것은 이그나츠 제멜바이스라는 의사의 짧은 생
애다. 그는 나의 진정한 영웅이다.

  이그나츠 제멜바이스는 1818년 부다페스트에서 태어났다.
그의 생애가 나의 할아버지나 여러분의 조부모 시절과 일치하
기 때문에 꽤 오래전이라고 느껴질 수도 있지만, 사실 그는 바
로 어제 사람이다.

  이그나츠는 산과의가 되었다. 이 사실만으로도 그는 현대의
영웅이 되기에 충분하다. 이그나츠는 아기와 산모의 건강을 지
키는 일에 일생을 바쳤다. 나는 그런 영웅이 더 많이 나오기를
기원한다. 오늘날 우리는 지도자들의 억측에 따라 산업화와 군
사화에 열광하면서도, 어머니와 아기들 또는 노인들처럼 육체
적으로나 경제적으로 무력한 사람들을 돌보는 일엔 너무나 무
심하다.

  나는 앞서 모든 지식이 얼마나 새로운 것인지 이야기한 바 있
다. 병균이 수많은 질병을 일으킨다는 생각도 불과 백사십 년밖
에 되지 않았다. 내가 소유하고 있는 롱아일랜드 주 사가포낙의

집은 그보다 거의 두 배나 오래되었다. 최초의 주인들은 그 집이 완성될 때까지 살아 있기나 했을까? 내 말은 세균설이 아주 최근에 정립되었다는 이야기다. 우리 아버지가 어린 소년이었을 때만 해도 루이 파스퇴르가 살아 있었고, 많은 논쟁이 진행되고 있었다. 당시만 해도 국민들이 자신의 말을 듣지 않고 다른 사람의 말에 귀를 기울이면 분노를 터뜨리는 권력가들이 많았다.

이그나츠 제멜바이스 역시 세균이 각종 질병을 일으킨다고 믿었다. 오스트리아 빈의 산부인과 병원에 일하러 갔을 때였다. 제멜바이스는 산모들이 열 명 중 한 명 꼴로 산욕열을 앓다가 죽는다는 사실에 경악을 금치 못했다.

그들은 모두 가난한 사람들이었다. 부자들은 아직 집에서 출산하던 시절이었다. 제멜바이스는 병원 일과를 세심하게 관찰한 후 의사들이 환자들을 감염시키고 있다는 의혹을 품기 시작했다. 의사들은 종종 시체보관소에서 시체를 해부한 후에 곧바로 산과병동의 산모들을 검진하곤 했다. 제멜바이스는 시험 삼아 의사들에게 산모들을 만지기 전에 손을 씻으라고 제안했다.

정말 건방진 놈이군. 어떻게 감히 하늘같은 선배들에게 그런 제안을 할 수 있지? 제멜바이스는 자기가 정말 하찮은 존재임을 깨달았다. 그는 친구도 오스트리아 귀족 사회의 후원자도 없이 도시에서 쫓겨났다. 산모들은 계속 죽어나갔다. 제멜바이스는 이 세계에서 다른 사람들과 잘 어울리는 능력이 여러분이나 나보다 월등히 모자랐다. 그는 계속해서 동료 의사들에게 손을 씻으라고 요구했다.

그를 손가락질하던 의사들이 마침내 경멸과 비웃음과 냉소를 접고 하나 둘씩 그의 제안에 동의하기 시작했다. 그렇게 해서 의사들은 지저분한 손에 비누칠을 하고 손톱 밑을 솔로 문질러 닦게 되었다.

산모들이 더이상 죽지 않았다. 상상해보라! 그가 그 모든 생명을 구한 것이다.

결과적으로 제멜바이스는 수백만 명의 목숨을 구했다. 어쩌면 그중엔 여러분과 나도 포함될지 모른다. 제멜바이스는 빈 사회에서 의학을 이끌던 지도자들, 즉 의료계의 억측가들로부터 어떤 사례를 받았을까? 그는 병원에서 쫓겨났을 뿐 아니라, 그 덕분에 수많은 사람이 목숨을 구한 오스트리아라는 나라 자체에서 쫓겨났다. 제멜바이스는 헝가리의 한 시골 병원에서 생을 마감했다. 그는 그곳에서 인류—바로 우리, 그리고 우리의 지식—이기를, 그리고 그 자신이기를 그만두었다.

어느 날 해부실에서 그는 시체를 절개하던 해부용 메스로 자기 손바닥을 찔렀다. 본인이 예상한 대로 제멜바이스는 머지않아 패혈증으로 사망했다.

모든 권력은 억측가들의 손에 있었다. 이번에도 그들이 승리

한 것이다. 병균 같은 존재들이었다. 그렇게 해서 오늘날 우리도 똑바로 주시해야 할 억측가들에 관한 사실 하나가 드러났다. 우리도 정신 차려야 한다는 것이 그것이다. 그들은 생명을 구하는 데 관심이 없다. 그들에게 중요한 것은 이목을 집중시키는 것, 그래서 아무리 무지하더라도 그들의 억측이 언제까지나 유지되는 것이다. 그들이 증오하는 것이 있다면 그것은 현명한 사람이다.

그러니 어떻게든 현명한 사람이 되어달라. 그래서 우리의 생명과 당신의 생명을 구하라. 존경받는 사람이 되어달라.

WE DO, DOODLEY DO,
DOODLEY DO, DOODLEY DO,
WHAT WE MUST,
MUDDILY MUST,
MUDDILY MUST,
MUDDILY MUST,

UNTIL WE BUST,
BODILY BUST,
BODILY BUST,
BODILY BUST.

— BOKONON

우리는 하고 또 하고 / 하고 또 하고 또 한다,
우리가 해야 하고 / 해야만 하고 / 해야만 하는 것들을
우리가 부서지고 / 부서지고 / 또 부서질 때까지.

—보코넌

예일대 C학점

"남에게 대접을 받고자 하는 대로 너희도 남을 대접하라." 많은 사람들이 이 말을 예수가 했다고 생각한다. 어쨌든 예수가 그런 말을 많이 하긴 했다. 그러나 사실 이 말은 예수 그리스도라는 가장 위대하고 가장 인간적인 사람이 태어나기 오백 년 전에 중국 철학자인 공자가 한 말이다.

또한 중국인들은 마르코 폴로를 통해 우리에게 파스타와 화약 제조법을 전파했다. 중국인들은 너무나 멍청해서 화약을 불꽃놀이에만 사용했다. 당시에는 모두가 멍청해서 동양에서든 서양에서든 화약에 다른 용도가 있다는 걸 알지 못했다.

그후로 우리는 비약적인 발전을 거듭했다. 차라리 그 시대에 머무는 게 나았으리라. 수소폭탄과 〈제리 스프링어 쇼〉*는 정말

혐오스럽다.

다시 공자와 예수 그리고 우리 의사 아들 이야기로 돌아가보자. 그들은 각자의 방식으로 어떻게 하면 우리가 더 인간적으로 행동할 수 있고 이 세상을 덜 고통스러운 곳으로 만들 수 있는지 이야기했다. 내가 그들만큼이나 좋아하는 또다른 사람이 있다. 나의 고향인 인디애나 주 테러호트 출신인 유진 데브스다.

간단히 그를 소개하고자 한다. 유진 데브스는 내가 아직 네 살이 채 되지 않은 1926년에 생을 마감했다. 데브스는 사회당 후보로 대통령 선거에 다섯 번이나 출마했고, 1912년 선거에서는 총 투표수의 육 퍼센트에 육박하는 구십만 표를 획득했다(당시 직접 투표가 어땠는지는 여러분의 상상에 맡기겠다). 데브스는 선거 유세에서 다음과 같이 말했다.

하층 계급이라는 것이 존재하는 한 나는 하층 계급입니다.
범죄인자라는 것이 존재하는 한 나는 범죄형입니다.
구속된 영혼이 존재하는 한 나는 자유롭지 않습니다.

혹시 사회주의적인 무언가가 여러분의 비위를 상하게 하지 않는가? 훌륭한 공립학교나 전 국민을 위한 건강보험처럼?

---

* 조작으로 유명한 쇼 프로그램. 종종 난투극이 오간다.

아침마다 잠에서 깨어나 침대에서 가재처럼 기어나올 때 당신은 이런 말을 하고 싶지 않은가? "하층 계급이란 것이 있는 한 나는 하층 계급입니다. 범죄인자라는 것이 있는 한 나는 범죄형입니다. 구속된 영혼이 있는 한 나는 자유롭지 않습니다."

예수가 설파한 산상수훈의 팔복도 그와 비슷하다.

온유한 자는 복이 있나니 저희가 땅을 기업으로 받을 것이요.

긍휼히 여기는 자는 복이 있나니 저희가 긍휼히 여김을 받을 것이요.

화평케 하는 자는 복이 있나니 저희가 하느님의 아들이라 일컬음을 받을 것이요.

뭐 이런 식이다.

공화당의 강령은 조금 다르다. 조지 W. 부시, 딕 체니, 도널드 럼스펠드는 이런 것과 거리가 멀다.

어떤 이유에서인지 미국에서 가장 목소리가 큰 기독교도들은 팔복을 전혀 거론하지 않는다. 대신 종종 닭똥 같은 눈물을 뚝뚝 흘리면서 공공건물에 의무적으로 십계명을 게시해야 한다고 주장한다. 물론 십계명은 예수가 아니라 모세의 가르침이다. 그들 중 누군가가 어느 벽에든 산상수훈 즉 팔복을 붙여야 한다고 주장하는 것을 나는 들어본 적이 없다.

"긍휼히 여기는 자는 복이 있나니"를 법정에 붙인다면?

"화평케 하는 자는 복이 있나니"를 펜타곤*에 붙인다면?

자, 상상은 여기까지!

공교롭게도 만인을 위한 이상은 달콤한 솜사탕만은 아니다. 그것은 법이다! 구체적으로 말하자면 미국 헌법이다.

그러나 미국 헌법을 수호하기 위해 정의로운 전쟁에 참전했던 나로서도 때로는 화성인이 우리 미국을 침략해버렸으면 좋겠다는 생각이 들곤 한다. 가끔은 정말 간절히 바랄 때도 있다. 그러나 내 바람과는 달리 미국 헌법은 상상조차 힘들 정도로 유치하고 저속한 시트콤 같은 쿠데타에 전복되고 말았다.

언젠가 나는 정말로 무서운 리얼리티 프로를 만들어볼 생각이 없냐는 질문을 받았다. 나는 모든 사람의 머리가 쭈뼛 설 만큼 무시무시한 프로를 구상하고 있다. 제목은 '예일대 C학점'이다.

---

* 미 국방부 건물.

조지 W. 부시는 주변에 C학점 상류계급 학생들을 끌어모았다. 그들은 하나 같이 (1) 역사와 지리를 전혀 모르고, (2) 백인 우월주의를 노골적으로 표출하고, (3)이른바 기독교도이며, (4) 정말 놀랍게도 정신병자, 즉 영리하고 번듯하게 생겼지만 양심은 전혀 없는 자들이다.

특정한 사람을 정신병자라 부르는 것은 맹장염이나 무좀 진단을 내리는 것과 마찬가지로 의학적으로 매우 적절한 진단이다. 정신병자의 의미를 규정한 고전적 의학 서적으로는 조지아 의과대학의 정신의학과 임상교수인 허비 클러클리 박사가 집필하고 1941년에 출간한 『정상성의 가면 *The Mask of Sanity*』이 대표적이다. 꼭 읽어보시기를!

어떤 사람은 청각 장애를 지니고 태어나고 또 어떤 사람은 시각 장애를 갖고 태어나는데, 이 책은 특별한 선천적 결함 때문에 온 미국은 물론이고 지구상의 많은 나라들을 광분케 하는 사람들을 다루고 있다. 그들은 바로 양심 없이 태어났다가 갑자기 모든 것을 책임지게 된 사람들이다.

정신병자들은 버젓한 외모를 갖고 있다. 그리고 자신의 행동이 다른 사람들에게 끼칠 고통을 충분히 잘 알면서도 별로 신경을 쓰지 않는다. 그들이 다른 사람들의 고통에 무심한 것은 돌대가리이기 때문이다. 나사가 풀린 미치광이기 때문이다!

또한 수많은 종업원들과 투자자들과 온 나라의 순수한 국민들을 파멸로 몰아넣고 그 대가로 자신들의 배를 불린 다음 빗발치는 비난에도 눈썹 하나 꿈쩍하지 않은 엔론과 월드컴의 임원들을 다른 어떤 말로 정의할 수 있겠는가? 바로 그들이 백만장자를 억만장자로 만들고 억만장자를 조만장자로 만드는 전쟁을 주도하고, TV 방송국을 소유하고 있으며, 조지 부시에게 돈줄을 대고 있다. 이는 부시가 동성 결혼에 반대하기 때문이 아니다.

이 비정한 정신병자들은 현재 미국 정부의 요직을 두루 차지하고 있다. 중요한 권한은 대부분 그들 차지가 되었다. 통신과 교육까지 그들 손에 들어가 우리는 나치에게 점령당한 폴란드 국민보다 나을 게 없는 신세가 되었다.

그들은 결단만 하면 우리나라를 끝없는 전쟁에 몰아넣을 수 있다고 느꼈을 것이다. 사실 이렇게 많은 정신병자들이 기업과 정부의 고위직에 오를 수 있는 것도 남다른 결단력 덕분이다. 그들은 하루가 멀다 않고 빌어먹을 짓들을 해대면서도 두려워하지 않는다. 정상인들과는 달리 그들은 결코 의심을 품지 않는다. 다음에 일어날 일을 눈곱만큼도 신경 쓰지 않기 때문이다. 그들에겐 그런 능력이 없다. 이렇게 하라! 저렇게 하라! 군대를 동원하라! 공립학교를 사립화하라! 이라크를 공격하라! 의료 혜택을 줄여라! 국민의 전화를 도청하라! 부자들의 세금을 줄여라! 수천억 달러짜리 미사일 방어망을 구축하라! 인신보호법과 시에러 클럽*과 〈인디즈타임스〉를 엿 먹여라. 내 엉덩이를 닦아라!

우리의 소중한 헌법에는 비극적 결함이 있지만 그걸 고치려
면 어떻게 해야 할지 모르겠다. 그 결함은 바로 미치광이 환자
들만이 우두머리가 되고자 나선다는 것이다. 심지어 고등학교
에서도 그랬다. 정서 장애가 분명한 아이들만 반장 선거에 출마
했다.

마이클 무어 감독의 영화 〈화씨 9·11〉의 제목은 레이 브래
드버리의 뛰어난 SF 소설 『화씨 451』을 패러디한 것이다. 화씨
451도는 종이로 된 책이 불에 타는 온도다. 『화씨 451』의 주인
공은 서적을 태우는 일을 하는 시청 소속 공무원이다.

책을 태우는 이야기와 관련하여 한마디 더 하자면, 나는 도서
관 사서들을 진심으로 존경한다. 내가 존경하는 것은 그들의 물
리적 힘이나 정치적 연줄 또는 막대한 부가 아니라, 이른바 위
험한 책들을 도서관 서가에서 제거하려는 반민주적 불량배들에
게 끈질기게 저항하고, 그런 책들을 열람하는 사람들을 사상경

---

* 자연환경 보호단체.

찰*에게 신고하는 대신, 열람 기록을 몰래 파기하는 양심과 용기다.

이렇듯 내가 사랑했던 미국은 아직도 존재한다. 물론 백악관, 대법원, 상원과 하원, 대중매체 따윈 포기한 지 오래다. 내가 사랑했던 미국은 아직도 공공 도서관의 접수창구에 존재한다.

책과 관련하여 한마디 더 하자면, 우리가 매일 접하는 뉴스 매체인 신문과 TV는 오늘날 국민 전체를 대표하기에 너무나 부실하고, 너무나 무책임하고, 너무나 비겁하다. 이 세계가 어떻게 돌아가고 있는지 알 수 있는 매체는 책밖에 없다.

대표적인 예를 들자면, 크레이그 웅거의 『부시 집안, 사우드 집안*House of Bush, House of Saud*』이 있다. 이 책은 굴욕과 수치와 피로 가득했던 2004년 초에 발간되었다.

---

* 조지 오웰의 『1984』에 등장하는 비밀경찰.

THAT'S THE END OF
GOOD NEWS ABOUT
ANYTHING. OUR
PLANET'S IMMUNE
SYSTEM IS TRYING
TO GET RID OF
PEOPLE. THIS IS
SURE THE WAY TO
DO THAT.
                    KV
6 AM   11/3/04

어떤 좋은 소식이건 끝이 있다. 우리 행성의 면역계는 인간을 퇴치하기 위해 노력하고 있다. 이런 식으로 가면 분명 그렇게 될 것이다.

2004년 11월 3일
KV 오전 6시

입실란티에서 온 편지

몇 년 전 미시건 주 입실란티에서 어느 감상적인 여자가 편지를 보내왔다. 그녀는 나도 감상적인 사람이란 것을, 즉 평생 동안 프랭클린 델라노 루스벨트의 전통을 고수하고 있는 북부 민주당원이자 가난한 노동자들의 친구라는 사실을 알고 있었다. 그녀는 조만간 아기를 낳을 예정이었는데―아기 아빠는 내가 아니다―그렇게 아름답고 순수한 존재를 이처럼 험악한 세상에 내보내는 것이 행여 나쁜 일은 아닌지를 알고 싶어했다.

그녀는 이렇게 적었다. "마흔세 살이 되어 마침내 아기를 낳게 되었지만 이렇게 무서운 세상에 새 생명을 내보내는 게 걱정스럽기만 합니다. 당신의 생각을 알고 싶습니다."

그러지 마라! 나는 이렇게 말해주고 싶었다. 그 아기가 조지

W. 부시나 루크레치아 보르자*처럼 되면 어찌 하려고! 만일 운이 좋다면 가난한 사람도 비만이 될 수 있는 사회에서 태어날 것이다. 그러나 불운하다면 국가적 의료보험이나 제대로 된 공교육 제도가 없고, 독극물 주사**와 전쟁이 오락거리가 되며, 대학에 가려면 천문학적인 돈이 드는 사회에서 태어날 것이다. 만일 아기가 캐나다, 스웨덴, 영국, 프랑스, 독일 같은 곳에서 태어난다면 그렇진 않을 것이다. 그러니 세이프섹스를 하든지 다른 나라로 이민을 가라.

그러나 나는 그렇게 말하는 대신, 나에게 삶의 가치를 느끼게 해준 것이 있었는데, 그것은 음악 외에도 내가 만났던 성인聖人들로, 그런 사람들은 어디서나 만날 수 있다고 대답했다. 내가 말한 성인이란 부도덕이 판을 치는 세상에서 올바르게 행동하는 사람이다.

피츠버그에서 조라는 젊은이가 찾아와 내게 물었다. "앞으로

---

* 교황 알렉산드르 6세의 사생아로 빼어난 미모를 지녔으며 추문과 불륜으로 얼룩진 삶을 살았다.

** 사형 방법의 일종.

별 문제 없을까요?"

나는 이렇게 대답했다. "젊은 친구, 지구에 온 것을 환영하네. 여름엔 덥고 겨울엔 추운 곳이라네. 또한 둥글고 축축하고 북적대는 곳이지. 자네, 이곳에서 고작해야 백 년이나 살까? 내가 아는 규칙이 딱 하나 있지. 그게 뭔지 아나? 젠장, 조, 자네 착하게 살아야 한다는 거라네!"

시애틀에서 한 젊은이가 얼마 전에 편지를 보냈다.

일전에 공항에 갔더니 공항 검색 요원들이 요즘 일반적인 관행이라며 신발을 벗기더군요. 신발을 벗어 검색대에 올려놓는 순간 정말 터무니없다는 생각이 들었습니다. 어떤 남자가 운동화를 이용해 비행기를 폭파하려 했다는 이유로 내 신발을 벗겨 엑스레이 기계로 촬영을 하다니요. 그래서 나는 생각했습니다. 이런 세계는 커트 보니것도 상상하지 못했을 거라고 말입니다. 그래서 말인데, 당신은 그런 세계를 상상해본 적이 있습니까? (누군가 폭발하는 바지를 발명한다면 정말 큰일 아닙니까?)

나는 이렇게 답했다.

그렇죠. 신발 검색이나 코드 오렌지*는 세계적 수준의 못된 장난입니다. 하지만 나는 반전주의자이자 신성한 광대인 애비 호프먼(1936~1989)이 베트남 전쟁 때 고안해낸 장난을 지금까지도 가장 좋아합니다. 그는 바나나 껍질을 직장에 넣으면 신종 마약과도 같은 효과를 낸다고 발표했습니다. 그러자 그 말이 사실인지 아닌지를 확인하기 위해 FBI 과학자들이 직접 실험을 해봤다고 합니다. 그게 진짜였다면 얼마나 좋았을까요?

사람들은 두려워한다. 한 남자가 익명으로 편지를 보냈다.

만일 어떤 남자가 주머니에 총을 감추고 당신을 위협하고 있는데 당신이 보기에 그가 여차하면 방아쇠를 당길 것 같다면 당신은 어떻게 하시겠습니까? 우리는 이라크가 우리를 위협할 뿐 아니라 전 세계를 위협하고 있다는 걸 알고 있습니다. 이런 마

---

* 미국의 국가 경계경보.

당에 어떻게 아무런 위험이 없는 듯 그냥 앉아 있을 수 있을까요? 그래서 알카에다와 9·11 같은 사건이 일어난 것입니다. 하지만 이라크의 경우는 그보다 훨씬 더 위험합니다. 그냥 이대로 주저앉아 어린아이처럼 떨면서 기다려야 할까요?

나는 이렇게 답했다.

제발 부탁하건대, 엽총을 들고 거리로 나가시오. 12구경 2연발총이면 딱 좋을 거요. 거기 당신 동네에서 경찰은 제외하고 무장했을 것처럼 보이는 사람들의 머리를 날려버리시오.

메인 주 리틀디어아일의 한 남자는 다음과 같은 편지를 보냈다.

알카에다가 살인을 저지르고 스스로 자멸하려는 진정한 동기가 무엇일까요? "그들이 우리의 자유를 증오한다"고 대통령은 말합니다. 우리가 누리는 종교의 자유, 표현의 자유, 투표와 집회의 자유, 서로에게 동의하고 반대할 자유를 증오하기 때문이라니? 그건 분명히 관타나모 수용소에 붙잡혀 있는 포로들에게서 알아낸 것도 아니고, 브리핑 자리에서 보고받은 것도 아닙니다. 왜 언론과 국민에 의해 선출된 정치인들은 부시의 망발을 눈감아주고 있는 거죠? 미국 국민들이 진실을 듣지 못한다면 어떻게 평화가 올 수 있고 어떻게 우리 지도자들을 믿을 수 있을까요?

그런데 사람들은 흔히, 미키마우스 식 쿠데타로 우리의 연방정부를 장악하고 그럼으로써 세계를 장악한 사람들, 헌법에 의해, 즉 하원과 상원, 대법원과 우리 국민에 의해 만들어진 도난경보기를 모두 절단해버린 사람들이 정말로 기독교인이기를 바란다. 그러나 윌리엄 셰익스피어가 오래전에 말했듯 "악마는 목적을 달성하기 위해 성경 구절을 인용한다."

한 남자는 샌프란시스코에서 이런 편지를 보냈다.

미국 대중은 어쩌면 이렇게 멍청할 수 있을까요? 사람들은 아직도 부시가 당선됐다고 믿으며, 그가 우리를 진심으로 걱정하고 있고, 자기가 무슨 짓을 하고 있는지 안다고 믿습니다. 사람들을 죽이고 그들의 나라를 파괴하면서 어떻게 그들을 "구한다"는 것이죠? 우리가 곧 공격당할 거라는 믿음만으로 어떻게 먼저 공격을 해댈 수 있을까요? 그에겐 분별도 이성도 도덕적 근거도 전혀 통하지 않습니다. 그는 전 국민을 벼랑 끝으로 몰고 가는 저능한 꼭두각시에 불과합니다. 왜 사람들은 백악관의 군사 독재자가 벌거숭이라는 걸 보지 못하는 걸까요?

나는 그 남자에게, 만일 우리가 지옥에서 뛰쳐나온 악마인 양 여겨지면, 1차대전(1914~1918)이 일어나기 한참 전인 1898년에 마크 트웨인이 쓴 『신비한 이방인』을 읽어보라고 써보냈다. 그 소설에서 트웨인은 우리의 기준뿐 아니라 그 자신의 엄격한 기준을 충족시킬 정도로 확실하게, 이 지구와 "빌어먹을 인간"을 창조한 것이 하느님이 아니라 사탄이었음을 입증하고 있다. 의심이 든다면 조간신문을 읽어보라. 어떤 신문이든 상관없고, 어떤 날짜든 상관없다.

WHAT IS IT,
WHAT CAN IT
POSSIBLY BE
ABOUT
BLOW JOBS
AND GOLF?

— MARTIAN VISITOR.

정말 신기해요. 구강성교와 골프라는 게 어떻게 가능한 거죠?
—화성에서 온 방문객

좋은 소식, 나쁜 소식

여기, 좋은 소식과 나쁜 소식이 있다. 나쁜 소식은 화성인들이 뉴욕 시에 착륙해 월도프아스토리아 호텔에 머물고 있다는 것이다. 좋은 소식은 그들이 노숙을 하는 유색인종들만 잡아먹고, 오줌을 눌 땐 휘발유를 싼다는 것이다.

그 오줌을 페라리에 넣으면 시속 백 마일로 달릴 수 있고, 비행기에 넣으면 총알처럼 빠르게 날아가 아랍 사람들 머리 위에 온갖 쓰레기를 버릴 수 있다. 그것을 통학버스에 넣으면 아이들을 등하교시킬 수 있고, 소방차에 넣으면 불을 끄러 갈 수 있고, 혼다에 넣으면 직장으로 출근했다가 집으로 퇴근할 수 있다.

그리고 조금만 기다리면 화성인들의 방귀 소리가 들릴 것이다. 방귀를 뀔 때마다 우라늄이 나온다. 그것 한 덩어리면 타코

마 시의 모든 가정, 학교, 교회, 기업체에 조명과 난방을 해결할 수 있다.

이제 진지한 이야기로 넘어가자. 가판대의 타블로이드 신문에 오른 최신 기사들을 빼놓지 않고 읽었다면, 화성의 인류학자로 구성된 연구팀이 지난 십 년 동안 우리의 문화를 연구해온 사실을 알 수 있을 것이다. 그나마 지구 전체에서 우리 문화가 가장 연구할 가치가 있기 때문이다. 브라질과 아르헨티나는 신경 쓸 가치가 없다고 한다.

어쨌든 그들은 지난주에 화성으로 돌아갔다. 지구 온난화가 앞으로 얼마나 심각해질지 파악했기 때문이다. 그런데 그들의 우주선은 비행접시가 아니라 비행사발에 훨씬 더 가까웠다고 한다. 그들은 키가 하나같이 육 인치 정도에 불과하고 몸 색깔은 초록색이 아니라 옅은 자주색이다.

옅은 자주색의 작고 귀여운 지도자가 화성인 특유의 작고 재잘거리는 목소리로 작별인사를 하면서, 미국 문화에는 화성인이 이해하지 못할 신기한 것이 두 가지 있다고 말했다.

"정말 신기합니다. 구강성교와 골프라는 게 어떻게 가능하죠?"

이것은 내가 지난 오 년 동안 구상해온 소설의 일부다. 주인공은 나보다 서른여섯 살 어린 개그맨 길 버먼인데, 버먼은 지구가 멸망하는 날에 온갖 개그를 늘어놓는다. 개그의 내용은 우리 인간이 바닷속에 사는 모든 고기를 죽이고 땅속의 화석연료를 최후의 한 방울까지 퍼내고 쥐어짜낸다는 것이다. 그런데 소설은 끝날 기미가 안 보인다.

소설의 가제는 '오늘날 하느님이 살아 있다면'이다. 이쯤에서 우리는 하느님에게 감사해야 한다. 이곳은 가난한 사람들도 뚱보가 될 수 있는 나라 아닌가! 그러나 앞으론 부시 다이어트 때문에 어떻게 될지 모르겠다.

내 살아생전에 결코 끝을 보지 못할 소설『오늘날 하느님이 살아 있다면』에서, 최후의 심판일을 맞이한 우리의 개그맨 주인공은 인류의 화석연료 중독과 백악관의 정책을 비난하는 것 외에도, 인구폭발 문제를 거론하며 섹스를 비판한다.

나는 열렬한 중성인간이 되었습니다. 로마 가톨릭의 이성애자 성직자들 중 최소 오십 퍼센트가 그렇듯 나도 독신주의입니다. 독신주의는 싸고 편리해서 누구에게나 좋습니다. 가장 완벽한 세이프섹스죠. 나중에 아무것도 할 필요가 없습니다. 나중이란 게 없기 때문이죠.

그리고 내가 텔레비전이라 부르는 울화통에 얼간이들이 나와서 나를 향해 미소를 지으면서, 나를 제외한 모든 사람이 오늘밤 섹스를 할 터이고 그래서 지금 국가적 비상사태가 발령했으니, 나더러 자동차나 알약이나 침대 밑에 보관할 수 있는 헬스용 매트를 사러 달려나가야 한다고 말하면, 나는 하이에나처럼 웃습니다. 나도 알고 여러분도 알지만, 수백만의 훌륭한 미국인들은 오늘밤 섹스를 하지 않을 겁니다. 여기 오신 분들도 예외가 아니겠죠.

그리고 우리 열렬한 중성인간들도 투표를 합니다! 나는 미국 대통령이, 물론 그도 오늘밤엔 혼자 잘 거라 생각합니다만, 아무튼 그가 미국 중성인간의 날을 선포하기를 고대합니다. 그날이 오면 벽장에 숨어 있던 수백만의 중성인간들이 거리로 몰려나올 겁니다. 어깨에 힘을 주고 턱을 높이 든 채 도심가를 행진하면서 우리의 민주주의를 자랑스러워할 겁니다. 하이에나처럼 웃으면서 말이죠.

하느님은 어떨까? 오늘날 그가 살아 있다면? 길 버먼은 이렇게 말한다. "하느님은 무신론자가 될 겁니다. 상황이 너무 심각하기 때문이죠."

인간으로 태어난 것을 제외하고 우리가 저지르고 있는 가장 큰 실수는 시간이라는 것과 관련이 있다. 우리는 시계와 달력이라는 도구를 이용해 시간을 소시지처럼 일정하게 자른 다음, 마치 그것들이 우리의 소유물이고 언제까지나 변하지 않을 것처럼 하나하나에 이름을 붙인다—가령 1918년 11월 11일 오전 11시*—그러나 실제로 시간은 수은 덩어리처럼 잘게 부서지거나 순식간에 증발하는 경향이 있다.

혹시 2차대전이 1차대전의 원인은 아니었을까? 그렇지 않다면 1차대전은 인류 역사상 가장 섬뜩한 종류의 불가해한 난센스로 남는다. 다음과 같이 생각해보라. 바흐와 셰익스피어와 아인슈타인 같은 인류의 천재들은 사실은 위대한 인물이 아니라 단지 미래의 위대한 작품을 베낀 표절가들 아니었을까?

2004년 1월 20일 화요일에 나는 〈인디즈타임스〉의 편집자인 조엘 블라이퍼스에게 아래와 같은 팩스를 보냈다.

여기는 코드 오렌지 발령중.
동부시간 오후 8시에

---

* 1차대전이 끝난 순간이다.

경제 테러리스트의 공격이 예상됨. KV

그는 걱정스러운 목소리로 전화를 걸어 무슨 일이냐고 물었다. 나는 조지 부시가 상원 연설회장에서 폭탄을 터뜨릴 준비를 하고 있는데 더 완전한 정보가 들어오면 말해주겠노라고 대답했다.

그날밤 나는 절필한 SF 소설가이자 나의 친구인 킬고어 트라우트에게서 전화를 받았다. 그가 물었다.

"상원 연설 봤는가?"

"봤지. 영국의 위대한 사회주의 극작가 조지 버나드 쇼가 우리 지구에 대해 한 말이 번쩍 떠오르더군."

"뭐라고 했는데?"

"'달 위에 인간이 사는지는 모르겠지만, 만일 그렇다면 그들은 지구를 정신병원으로 사용할 것'이라고 했다네. 그런데 그는 병균이나 코끼리 이야기를 한 게 아니었어. 우리 인간들 이야기였지."

"그렇군."

"여기가 우주의 정신병원 같다는 생각이 들지 않는가?"

"이보게 커트, 나는 별로 할 말이 없네."

"우리는 원자력과 화석연료를 가지고 온갖 열역학 소란을 피우면서 그로부터 뿜어져나오는 독성물질로 생명이 살 수 있는 하나뿐인 행성을 죽이고 있지. 모두가 아는 사실이지만 거기에 신경을 쓰는 사람은 거의 없다네. 우리가 미쳤다는 증거 아닌가? 내 생각에, 지구의 면역 체계는 AIDS, 그리고 신종 독감과 결핵 등으로 우리를 제거하려고 애쓰고 있다네. 지구로서는 우리를 제거하는 편이 나을 걸세. 우린 정말로 무서운 동물이거든. 그러니까 그 멍청한 바브라 스트라이샌드의 노래 기억하나? 그 '사람이 필요한 사람이 세상에서 가장 운이 좋은 사람'이라는 구절은 식인食人 행위를 말하는 거라네. 잡아먹을 게 얼마나 많은가? 그래, 지구는 우리를 제거하려고 애쓰고 있지만 애석하게도 너무 늦은 것 같아."

나는 친구에게 인사를 하고 전화를 끊은 다음 책상 앞에 앉아 다음과 같은 묘비명을 적었다. "아름다운 지구여. 우리는 그대를 구할 수 있었지만, 너무나 속악하고 게을렀도다."

삶은 동물을 다루기에 적절치 않은 방식이다.

PECULIAR
TRAVEL SUGGESTIONS
ARE
DANCING LESSONS
FROM GOD.

— BOKONON

특별한 여행을 제안받는 것은 신에게 댄스 교습을 받는 것과 같다.
—보코넌

사브와 폴크스바겐

오래전에 나는 매사추세츠 주 웨스트반스터블에서 사브 케이프 코드라는 간판을 내걸고 자동차 대리점을 직접 운영했다. 삼십 년 전에 대리점과 나는 함께 파산했다. 그때나 지금이나 사브는 스웨덴 차이며, 지금 나는 그것 때문이라고 설명하지 않으면 무엇으로도 해명할 수 없는 다음과 같은 미스터리의 원인이 바로 딜러로서 나의 실패 때문이라고 믿고 있다. 왜 스웨덴 사람들이 나에게 노벨 문학상을 주지 않는가 하는 것이 바로 그것이다. '스웨덴놈들은 물건은 짧고 기억력은 길다'라는 노르웨이 속담도 있잖은가.

생각해보라. 당시에 사브는 폴크스바겐 비슷한 딱정벌레 형태에 엔진이 전면에 놓인 투 도어 모델밖에 없었다. 그 두 개의 문은 열리기만 하면 맞바람을 일으키는 자살 문이었다. 4사이클 엔진이 달린 다른 모든 차들과 달리 사브 엔진은 잔디 깎는 기계나 보트의 착탈식 모터처럼 2사이클 엔진이었다. 그래서 연료 탱크에 휘발유를 넣을 때마다 엔진오일을 한 통씩 넣어줘야 했다. 이유야 다양하겠지만 보통 여자들은 이런 방식을 좋아하지 않았다.

사브는 정지신호에 서 있다가 폴크스바겐보다 더 빨리 출발할 수 있다는 것이 판매 시의 주요 강조점이었다. 그러나 당신이나 당신의 소중한 배우자가 휘발유를 넣을 때 깜박하고 엔진오일을 넣지 않는다면 당신과 차는 조만간 불꽃놀이의 재료가 될 가능성이 있었다. 또한 이 차는 전륜구동이어서 젖은 도로에서 미끄러지거나 커브에서 가속하기에도 딱 좋았다. 한번은 차를 사러 온 고객이 이렇게 말했다. "최고의 시계를 만드는 사람들이 왜 최고의 차는 못 만들까요?" 나는 동의할 수밖에 없었다.

당시 사브는 오늘날처럼 미끈하고 강력한, 4기통 엔진의 여피족 차량과는 거리가 한참 멀었다. 그것은 자동차를 한 번도 만들어본 적이 없는 비행기 기술자들의 몽정이었다. 내가 몽정이라고 했나? 생각해보라. 계기판 위에는 둥근 고리가 달려 있었고 그 고리에 매달린 체인은 엔진실의 벨트를 지났다. 고리를 당기면 전면 그릴 뒤에 달린 스프링 장착형 롤러가 움직이면서 블라인드 같은 것이 올라갔다. 이는 일을 보러간 사이에 엔진을

따뜻하게 유지하기 위해서였다. 그래서 잠시 일을 보고 돌아오면 곧바로 시동을 걸 수 있었다.

그러나 너무 오래 있다 돌아오면 블라인드가 내려가 있든 올라가 있든 간에 엔진오일이 휘발유와 분리되어 연료탱크 바닥에 당밀처럼 가라앉았다. 그래서 다시 시동을 걸 때마다 해전에 나선 구축함처럼 연막을 뒤집어쓰곤 했다. 나는 실제로 우즈 홀의 주차장에서 일 주일 만에 시동을 걸었다가 동네 전체를 시커멓게 만든 적이 있다. 그 일을 기억하는 노인들은 아직도 나를 보면, 도대체 어디서 그 많은 연기가 나왔는지 궁금하다며 큰소리로 떠든다. 그때부터 나는 스웨덴의 기술을 안 좋게 이야기할 수밖에 없었고, 그 때문에 노벨상을 빼앗기고 말았다.

농담을 제대로 한다는 건 정말 쉽지 않다. 예를 들어 『고양이 요람』에는 아주 짧은 장들이 있다. 각 장은 하루 치의 작업이고 하나의 농담이다. 만일 비극적인 상황에 대해 글을 쓴다면 효과를 내기 위해 순번까지 매겨가며 글을 쓸 필요는 없었을 것이다. 비극적 장면은 불발탄으로 끝나는 경우가 거의 없다. 필요한 요소들이 갖춰지기만 하면 비극은 반드시 감동을 일으킨다.

그러나 농담은 무에서 시작해 쥐덫을 만드는 것과 같다. 터져야 할 때에 터지게 하려면 정말 피터지게 노력해야 한다.

나는 요즘도 코미디를 유심히 듣지만 그런 종류는 많지 않다. 가장 근접한 것은 그루초 막스의 퀴즈쇼 〈인생을 걸어라〉의 재방송 프로다. 나는 코미디를 중단하고 진지한 사람으로 변해 더이상 농담을 쓰지 않는 코미디 작가들을 알고 있다. 먼저 영국 작가인 마이클 프레인이 떠오른다. 『양철인간 *The Tin Men*』의 저자인 그는 아주 진지한 사람이 되었다. 머릿속에 큰 변화가 일어난 것이다.

유머는 인생이 얼마나 끔찍한지를 한 발 물러서서 안전하게 바라보는 방법이다. 그러다 결국 마음이 지치고 뉴스가 너무 끔찍하면 유머는 효력을 잃게 된다. 마크 트웨인 같은 사람은 인생이 정말 끔찍하다고 생각했고 그 끔찍함을 농담과 웃음으로 희석시켰지만 결국 포기하고 말았다. 아내와 단짝 친구와 두 딸이 죽은 후였다. 나이가 들면 주변에 있던 사람들이 하나씩 세상을 뜬다.

나 역시 더이상 농담을 못할 것 같다. 농담은 더이상 만족스런 방어 메커니즘이 아니다. 어떤 사람은 웃기고, 어떤 사람은 아니다. 나도 한때는 웃겼지만 이제는 아닌 것 같다. 너무 많은 충격과 실망을 겪은 탓에 이제 나는 더이상 유머로 방어를 할 수가 없다. 웃음으로 처리할 수 없을 만큼 불쾌한 일들을 너무 많이 겪었기 때문에 까다로운 사람이 돼버린 듯하다.

이런 일은 벌써부터 일어나고 있었다. 앞으로 내가 어떻게 변할지 정말 모르겠다. 그저 물 흐르는 대로 모든 걸 맡기고 내 몸과 뇌에 어떤 일이 일어나는지 두고보려 한다. 내가 작가라는 사실이 놀랍기만 하다. 나는 내 삶이나 내 글을 마음대로 조절하지 못한다. 내가 아는 작가들은 하나같이 자기 자신을 통제한다고 느끼는데 나에겐 그런 느낌이 없다. 나에겐 그런 통제력이 없다. 그저 흐름에 맡길 뿐이다.

내가 정말로 하고 싶었던 일은 사람들에게 웃음으로 위안을 주는 것이었다. 유머는 아스피린처럼 아픔을 달래준다. 앞으로 백 년 후에도 사람들이 계속 웃는다면 아주 기쁠 것 같다.

내 손자뻘 되는 분들에게 용서를 구한다. 이 글을 읽는 여러분들 중 많은 사람이 내 손자들과 비슷한 나이일 것이다. 여러분이나 내 손자들이나 베이비붐 세대에 속한 기업들과 정부에게 순진하게 사기를 당하고 있다.

지금 지구는 엉망이다. 그러나 과거에도 항상 엉망이었다. '행복했던 시절' 따윈 한 번도 없었다. 그냥 지난 시절만 있었다.

그래서 나는 손자들에게 이렇게 말한다. "날 쳐다보지 마라. 그냥 이렇게 됐구나."

늙은 바보들은 우리가 어떻게든 대공황이나 2차대전이나 베트남 전쟁 같이 흔히 말하는 유명한 재난을 겪어낸 후에야 비로소 어른이 된다고 말한다. 자살까지는 아니어도 파괴를 유도하는 이런 그릇된 믿음은 소설가들 때문에 생겨났다. 수많은 소설에서 끔찍한 불행을 겪은 주인공이 마지막으로 내뱉는 말이 있다. "이제 나는 여자가 되었다. 이제 나는 남자가 되었다. 끝."

2차대전이 끝나고 집으로 돌아오자 댄 삼촌은 내 등을 철썩 치면서 "이젠 어른이 다 됐구나"라고 말했다. 순간 삼촌을 죽이고 싶었다. 실제로 그렇게 하진 않았지만 정말 그러고 싶은 심정이었다.

내가 싫어하는 댄 삼촌은 남자는 전쟁에 나가봐야 어른이 된다고 말하곤 했다.

내가 좋아하는 삼촌도 있었다. 아버지의 남동생인 고 알렉스 삼촌이었다. 하버드를 졸업한 알렉스 삼촌은 인디애나폴리스에서 생명보험 외판원으로 정직하게 일했고, 자식이 없었다. 그는 아는 게 많았고 현명했다. 알렉스 삼촌이 무엇보다 개탄한 것은, 사람들이 행복할 때 행복을 느끼지 못한다는 것이었다. 그래서 우리가 한여름에 사과나무 아래서 레모네이드를 마시면서 윙윙거리는 꿀벌들처럼 이런저런 이야기를 주고받을 때면 삼촌

은 즐거운 이야기를 끊고 불쑥 큰 소리로 외쳤다. "이게 행복이
아니면 무엇이 행복이랴!"

그래서 지금은 나도 그러고, 내 자식들도 그러고, 내 손자들
도 그런다. 여러분에게 진심으로 부탁하건대, 행복할 때 행복을
느끼고 그 순간에 나처럼 외치거나 중얼거리거나 머릿속으로
생각해보라. "이게 행복이 아니면 무엇이 행복이랴!"

우리는 상상력을 지니고 태어나지 않는다. 상상력은 선생님
들과 부모님을 통해 개발된다. 오락을 만들어내는 주요 원천으
로서 상상력이 매우 중요한 때가 있었다. 1892년에 여러분이 일
곱 살쯤이었다면 강아지의 죽음을 목격한 소녀에 대한 이야기
를 읽었을 것이다. 아주 간단한 이야기지만 여러분의 눈에도 눈
물이 글썽이지 않았을까? 또는 어느 부자가 바나나 껍질을 밟고
미끄러지는 이야기를 읽었을지도 모른다. 그러면 절로 웃음이
나오지 않았을까? 우리의 머릿속에는 이러한 상상력의 회로가
설치되어 있다. 화랑에 가서 우리가 볼 수 있는 건, 사실 여러 가
지 물감이 수백 년 동안 똑같은 자리에 뒤발린 액자다. 게다가
거기선 아무 소리도 안 난다.

상상력의 회로는 최소한의 단서에 반응하도록 학습되어 있다. 책이란 26개의 음표문자, 10개의 숫자, 대략 8개쯤의 구두점이 배열된 것인데, 사람들은 그것에 눈길을 주면서 베수비오 화산 폭발이나 워털루 전투를 마음속에 그린다. 그러나 이제는 더이상 선생님과 부모가 상상력의 회로를 만들어줄 필요가 없다. 훌륭한 배우들, 실물과 똑같은 배경, 음향과 음악을 총동원해 전문적으로 드라마를 제작하기 때문이다. 그리고 정보 고속도로인 인터넷이 있다. 이제는 말 타는 법을 배울 필요가 없는 것처럼 상상력의 회로를 동원할 필요가 없다. 상상력의 회로가 설치돼 있는 사람들은 사람의 얼굴을 보고 그 얼굴에서 이야기를 읽어낸다; 그렇지 않은 사람에게 얼굴은 그냥 얼굴일 뿐이고.

그런데 바로 앞에서 나는, 맨 처음에 절대로 사용하지 말라고 말했던 세미콜론을 썼다. 그것은 다음과 같은 중요한 사실을 강조하기 위해서다. 규칙은 아무리 좋은 것이라도 규칙일 뿐이라는 것이다.

지금까지 살아오면서 내가 만난 가장 현명한 사람은 누구였을까? 물론 사람이었겠지만, 꼭 그랬을 필요는 없다. 그는 그래픽 예술가인 솔 스타인버그였는데, 내가 아는 다른 사람들처럼 그도 지금은 고인이 되었다. 나는 그에게 어떤 것이든 물어볼 수 있었다. 질문을 하면 육 초가 흐르고 난 다음 그는 무뚝뚝한 목소리로 완벽한 대답을 해주었다. 솔은 루마니아에서 태어났는데 그에 따르면 "거위들이 창문으로 집 안을 들여다보는" 집이었다고 한다.

"솔, 피카소를 어떻게 생각해야 할까요?"

육 초가 흐른 후 그가 말했다. "엄청난 부자가 어떻게 사는지를 보여주기 위해 하느님이 지구로 보낸 사람이지."

"솔, 나는 소설가이고 내 친구들 중에는 훌륭한 소설가가 많습니다. 하지만 그들과 이야기를 할 때는 나와 그들이 아주 다른 일을 하는 것처럼 느껴집니다. 무엇 때문에 그런 느낌이 들까요?"

육 초가 흐른 후 그가 말했다. "아주 간단하지. 예술가엔 두 종류가 있는데 이건 결코 뛰어남의 차이가 아니야. 하지만 한 부류는 지금까지 자기가 만든 작품의 역사에 대응하고, 다른 부류는 인생 그 자체에 대응한다네."

"솔, 당신에게 타고난 재능이 있나요?"

육 초가 흐른 후 그가 퉁명스럽게 말했다. "그런 건 없다네. 하지만 어떤 작품에서든 사람들의 반응은 예술가가 자신의 한계를 극복하기 위해 어떻게 노력했는가에 맞춰진다네."

SAAB CAPE COD

RTE. 6A, W. BARNSTABLE, MASS.
FOrest 2-6161, 2-3072
KURT VONNEGUT, Manager

82 AS OF
11/11/04

SALES, PARTS, SERVICE FOR THE SWEDISH SAAB AUTOMOBILE

스웨덴 사브 차량 판매, 부속교환, 서비스

레퀴엠

십자가에 못 박힌 지구가
목소리를 갖게 되고
아이러니가 무언지 알게 된다면
우리가 저지른 학대에 대해
이렇게 말할 것이다.
"아버지 저들을 용서하여 주십시오.
그들은 자기가 하고 있는 일을 모르고 있습니다."

사실 우리가 무슨 짓을 하고 있는지
우리 스스로가 잘 알고 있다는 게 바로 아이러니다.

최후의 생물이
우리를 대신해 죽을 때
만일 지구가
그랜드캐니언의
깊은 바닥에서 떠오른 듯한
낮은 목소리로

이렇게 말한다면

얼마나 시적일까.

"다 이루었다."

그때 기뻐하는 이는 아무도 없으리라.

MY
FATHER SAID,
"WHEN IN DOUBT,
CASTLE."

아버지는 말씀하셨다. "의심이 가면, 발을 빼라."

작가의 말

이 책의 여러 곳에 실린 전면 육필 경구는 나와 조 페트로 3세의 공동사업체인 오리가미* 익스프레스의 작품으로, 원하는 사람에겐 '액자로 만들기에 좋은 견본'이 될 것이다. 오리가미 익스프레스는 켄터키 주 렉싱턴에 있는 조의 화실 겸 실크스크린 작업실에 본사를 두었다. 나는 그림을 그리고, 조는 시간이 너무 많이 들기 때문에 지금은 어느 누구도 이용하지 않는 구식 실크스크린 공정을 통해 그 그림들을 하나하나 색칠하고 인쇄한다. 고무롤러로 잉크를 밀면 잉크가 천을 통과하여 종이에 인쇄되는 방식이다. 이 공정은 너무나 힘들고 촉각적이며 마치 발

---

* 일본식 종이접기나 포장예술.

레 같아서 조의 손을 거쳐 나오는 인쇄물들은 모두 예술 작품으로 손색이 없다.

우리 공동사업체의 이름인 오리가미 익스프레스는 내가 사인을 하고 번호를 매길 수 있도록 조가 내게 그림을 보내줄 때 그것을 여러 겹의 포장지에 싸서 발송한 것에 경의를 표하기 위해 내가 붙인 이름이다. 조가 만든 오리가미의 로고는 내가 보낸 그림을 가지고 만든 게 아니라 내 소설 『챔피언들의 아침식사』에서 찾아낸 것이다. 공중에서 떨어지는 폭탄 그림으로, 폭탄 옆에는 다음과 같은 말이 적혀 있다.

우울한
월요일이여
안녕히

나는 지금까지 팔십 년 하고도 이 년을 더 생존했으므로 살아 있는 사람들 중 가장 운 좋은 사람인 게 분명하다. 죽음의 문턱에 이르거나 차라리 그 문턱을 넘었으면 하고 바랐던 적이 몇 번인지 헤아릴 수조차 없다. 그러나 나에게 일어났던 가장 좋은 사건이자 한 치의 의혹도 없이 순수하게 기뻤던 사건은 조를 만난 일이었다.

상황은 이러하다. 지금으로부터 거의 십일 년 전인 1993년

11월 1일에 나는 렉싱턴 외곽에 있는 여자대학인 미드웨이 칼리지에서 강의를 하기로 되어 있었다. 강의가 있기 여러 날 전에 켄터키 예술가의 아들이자 그 자신도 켄터키 예술가인 조 페트로 3세가 나에게 흑백 자화상을 그려달라고 요청했다. 조가 내 자화상으로 실크스크린 포스터를 만들면 그 포스터를 대학 측에서 사용할 계획이었다. 나는 그림을 보냈고 그는 포스터를 만들었다. 당시에 조는 겨우 서른일곱 살이었고, 나는 그 나이의 두 배도 안 되는 일흔한 살의 팔팔한 햇닭이었다.

강의가 있던 날 나는 포스터를 보고 아주 만족했고, 그가 낭만적인 그림뿐 아니라 야생동물을 과학적으로 정밀하게 그려 실크스크린으로 인쇄할 줄도 안다는 것을 알게 되었다. 그는 테네시 대학에서 동물학을 전공했다. 그의 그림들은 대단히 멋있고 유익해서, 여러분도 알다시피 지금까지 별 성과는 없었지만 인간의 생활로 인해 인간을 포함한 지구 생물들이 멸종하는 것을 막기 위해 노력하고 있는 환경단체인 그린피스의 홍보 그림으로 사용되고 있다. 조는 그 포스터 외에도 그의 작품과 작업실을 내게 보여준 후 말했다. "앞으로 계속 공동으로 작업하면 어떻겠습니까?"

그래서 우리는 동업자가 되었다. 돌이켜보면 그때 조 페트로 3세는 내 목숨을 구한 것이나 다름없다. 그에 대해서는 더이상 설명하지 않고 여러분의 상상에 맡기겠다.

그후로 우리는 이백 점이 넘는 그림을 공동으로 작업했다. 조가 각각의 그림을 십여 장씩 인쇄하면 내가 사인을 하고 번호를 매긴다. 이 책에 실린 '견본'들은 결코 우리의 전 작품을 대표하는 것이 아니라 그냥 최근에 마음 가는 대로 그린 것이다. 우리가 만든 대부분의 그림은 내가 파울 클레와 마르셀 뒤샹의 작품들을 본떠 그린 것이다.

우리가 처음 만난 후로 지금까지 조는 다른 사람들 역시 감언이설로 꼬여 자기가 좋아하는 일에 끌어들였다. 그중에는 오래전에 미술을 공부했던 코미디언 조너선 윈터스와, 헌터 톰슨의 『라스베가스의 공포와 혐오*Fear and Loathing in Las Vegas*』에 어두운 분위기를 잘 살린 삽화를 그려넣은 영국 화가 랠프 스테드먼이 있다. 스테드먼과 나는 조 덕분에 좋은 친구가 되었다.

지난해(2004년) 7월에 조와 나는 작품전시회를 열었다. 조가 주관한 이 행사는 내 고향인 인디애나폴리스 아트센터에서 열렸다. 전시회에는 건축가이자 화가인 우리 할아버지 버나드 보니것의 그림 한 점, 건축가이자 화가인 우리 아버지 커트 보니것의 그림 두 점, 우리 딸인 이디스와 의사 아들인 마크의 그림 여섯 점도 함께 선을 보였다.

랠프 스테드먼은 조에게서 이 가족 행사 소식을 전해듣고 나에게 축하문을 보냈다. 나는 다음과 같이 답장을 써 보냈다. "조 페트로 3세는 사대에 걸친 우리 가족을 불러 모아 고향인 인디애나폴리스의 무대에 세웠고, 당신과 나를 사촌으로 만들었습니다. 혹시 그는 신이 아닐까요? 우리가 그렇게 가깝습니까?"

물론 농담이었다.

오리가미의 그림들은 어느 정도의 가치가 있을까? 궁금했던 나는 지금은 슬프게도 고인이 되었지만 한때 롱아일랜드에서 여러 번의 여름을 함께 보낸 유쾌한 이웃이자 화가였던 시드 솔로몬에게 좋은 그림과 나쁜 그림을 어떻게 구별하는지 물었다. 그는 내가 그때까지 들어본 대답 중 가장 만족스러운 대답을 해주었다. "백만 점의 그림을 보시오. 그럼 실수하는 법이 없을 거요."

이 말을 전업 화가인 내 딸 이디스에게 전했더니 이디스 역시 그것이 매우 좋은 방법이라 생각했다. 딸은 "롤러스케이트를 타고 루브르 박물관을 돌아다니면서 '좋아, 아냐, 아냐, 좋아, 아냐, 좋아'"라고 말할 수도 있을 거라고 했다.

여러분은 어떠신지?

옮긴이 **김한영**
서울대 미학과를 졸업하고 서울예대에서 문예창작을 공부했다. 오랫동안 전업 번역을 하며 예술과 문학의 곁자리를 지키고 있다. 옮긴 책으로 『위대한 미국 소설』 『나는 공산주의자와 결혼했다』 『신의 축복이 있기를, 로즈워터 씨』 『마더 나이트』 『삶과 죽음의 시』 등이 있다. 제45회 한국백상출판문화상 번역 부문을 수상했다.

문학동네 세계문학
나라 없는 사람

1판 1쇄 2007년 8월 20일 | 1판 15쇄 2025년 2월 3일

지은이 커트 보니것 | 옮긴이 김한영
책임편집 박여영 | 편집 김지연
디자인 윤종윤 이원경 | 저작권 박지영 형소진 오서영
마케팅 정민호 서지화 한민아 이민경 왕지경 정유진 정경주 김수인 김혜원 김예진
브랜딩 함유지 함근아 박민재 김희숙 이송이 김하연 박다솔 조다현 배진성
제작 강신은 김동욱 이순호 | 제작처 (주)상지사P&B

펴낸곳 (주)문학동네 | 펴낸이 김소영
출판등록 1993년 10월 22일 제2003-000045호
주소 10881 경기도 파주시 회동길 210
전자우편 editor@munhak.com | 대표전화 031) 955-8888 | 팩스 031) 955-8855
문의전화 031) 955-1927(마케팅) 031) 955-1917(편집)
문학동네카페 http://cafe.naver.com/mhdn
인스타그램 @munhakdongne | 트위터 @munhakdongne
북클럽문학동네 http://bookclubmunhak.com

ISBN 978-89-546-0347-8 03840

잘못된 책은 구입하신 서점에서 교환해드립니다.
기타 교환 문의 031) 955-2661, 3580

www.munhak.com